Le milliardaire indomptable

L'OBSESSION DU MILLIARDAIRE
Tate

J. S. SCOTT

Le milliardaire indomptable

Copyright © 2021 by J. S. Scott

ISBN: 979-8-706531-12-6 (Print)
ISBN: 978-1-951102-43-2 (E-Book)

Sommaire

Trouver et séduire Marcus Colter.

Lara Bailey n'avait qu'une idée en tête tandis qu'elle faisait tournoyer une paille dans son verre de thé glacé encore plein, son regard parcourant paresseusement le bar du luxueux Rocky Springs Resort. Son premier jour ici, au paradis des vacanciers d'hiver, était un échec lamentable. Non seulement elle n'avait pas trouvé Marcus, l'aîné de la célèbre fratrie des Colter, mais elle n'était même pas parvenue à savoir où il se trouvait.

Même sa séance de sport matinale fut un échec. N'étant manifestement pas encore habituée à l'altitude du Colorado, Lara avait souffert tout au long de l'effort physique.

Génial. Elle s'était donc contentée d'une séance légère et veillait désormais à boire autant d'eau que possible. Lara avait besoin de toutes ses capacités physiques et mentales et elle devait s'adapter à l'altitude le plus rapidement possible. Elle se sentait déjà mieux et supposait donc que son corps des plaines effectuait petit à petit les ajustements nécessaires à la vie dans les Rocheuses du Colorado.

En regardant autour d'elle, Lara constata qu'elle était entourée d'une foule de gens qui semblaient tout juste descendus des pistes de ski. Leurs visages étaient rouges à cause du froid et ils étaient harnachés de vestes de ski, de pantalons de ski, de pulls épais et d'écharpes en laine. Certains d'entre eux étaient même assis à côté de leurs skis, une boisson chaude en main.

Serai-je un jour dans la même position que ces vacanciers ? À l'âge de trente ans, je ne me souviens même pas d'avoir un jour pris des vacances, ni même de la dernière fois que je me suis vraiment amusée.

Vêtue d'une robe de soirée noire, Lara se sentait quelque peu mal à l'aise, surtout qu'il était à peine quatre heures de l'après-midi. Elle avait une mission à accomplir et sa tenue faisait partie de son arsenal. Lara croisa ses longues jambes, ajusta sa chevelure blond foncé et examina les gens autour d'elle tandis que son esprit travaillait frénétiquement à l'élaboration d'un autre plan d'attaque.

Si je ne parviens pas à trouver Marcus Colter, alors je vais devoir le faire venir jusqu'à moi.

En toute honnêteté, Lara aurait préféré être ailleurs qu'ici. Cet endroit ressemblait à un grand terrain de jeu pour riches adultes. De surcroît, elle détestait la robe sexy ainsi que les talons hauts qu'elle portait, un accoutrement qui l'empêchait de marcher normalement et mettait son équilibre en péril. Lara avait failli tomber en sortant de l'ascenseur lorsque le talon fin de sa chaussure s'était retrouvé coincé dans la petite fente des portes coulissantes. Fort heureusement, elle était seule dans cet ascenseur et personne ne semblait avoir vu son entrée peu gracieuse dans le hall.

Dieu merci, personne ne m'a vue. Je dois me comporter comme si j'étais parfaitement à l'aise ici, même si je ne le suis absolument pas. Je dois trouver Marcus Colter, bien que je préférerais être chez moi, dans mon minuscule appartement, avec plusieurs emballages de nourriture chinoise livrée à domicile, un bon livre et un chocolat chaud.

Lara avait beau être affamée, elle avait bien failli avoir une crise cardiaque en découvrant les prix sur le menu affiché à l'entrée du restaurant huppé. Son dîner devrait donc attendre qu'elle puisse se rendre en ville.

Le prix d'une simple chambre était déjà assez excessif : une nuit coûtait plus cher qu'un mois de son loyer. Lara avait les moyens de payer son dîner ici, mais elle n'en avait tout simplement pas envie. De surcroît, elle aurait probablement encore faim en quittant le restaurant. C'était le genre d'établissement gastronomique à servir de minuscules portions qui ne rempliraient certainement pas son estomac. Lara se fichait pas mal de la présentation de son assiette et préférait un repas copieux et, accessoirement, savoureux. Rien ne l'agaçait plus que de sortir d'un restaurant avec un sac à main plus léger qu'un estomac qui criait encore famine. À quoi bon avoir une belle assiette et de délicieuses saveurs si elle ne pouvait en goûter que quelques bouchées ?

Je n'ai aucune raison de m'éterniser ici. Il est temps de changer de tenue et d'aller manger en ville.

De toute évidence, l'aîné des Colter ne passait pas beaucoup de temps dans cette station balnéaire. À vrai dire, elle n'y avait croisé aucun Colter. Elle s'attendait au moins à apercevoir la mère de Marcus, Aileen Colter, qui passait soi-disant beaucoup de temps ici pour la gestion des lieux. Malheureusement, Lara n'avait pas vu l'ombre d'un Colter de toute la journée. Même si elle ne connaissait aucun d'entre eux personnellement, elle pourrait les reconnaître au premier coup d'œil. Lara avait vu de nombreuses photos de cette riche famille.

— J'aimerais vous offrir un verre mais je constate que vous n'avez pas encore touché le vôtre, retentit soudain une voix grave de baryton derrière elle.

Elle sursauta et faillit renverser son verre.

Lara se retourna et découvrit un homme à qui elle ne refuserait certainement pas de s'adresser : Tate Colter.

Les informations qu'elle avait mémorisées à son sujet lui revinrent immédiatement : un homme de trente et un ans, les cheveux blonds, les yeux gris, un mètre quatre-vingt-cinq, carrière militaire exemplaire au sein des forces spéciales avant qu'un incident le pousse à quitter l'armée avec les honneurs. Malheureusement, elle n'était pas parvenue à trouver davantage d'informations à son sujet. Tate était milliardaire – comme tous les autres membres de la famille – à la tête de Colter Fire Equipment, le plus grand fabricant au monde de matériel de lutte et de prévention contre les incendies. L'entreprise faisait partie du conglomérat Colter, mais Tate s'était donné pour mission de proposer du matériel à la pointe de la technologie, ce qui avait assuré le succès stratosphérique de cette organisation. Lara n'avait rien trouvé de négatif à son sujet. Bon sang, il exerçait même en tant que pompier volontaire.

Lara le regarda avec méfiance lorsqu'il se positionna de l'autre côté de la petite table. Il semblait assez inoffensif. À vrai dire, il était encore plus beau en personne que sur les photos. Ses cheveux blonds et bouclés étaient aussi courts que sur les photos qu'elle avait vues de lui, mais ils étaient aujourd'hui sacrément ébouriffés. Lara supposa que ses cheveux hirsutes étaient le résultat d'un bonnet quelconque puisqu'ils se trouvaient au beau milieu de l'hiver. Et elle devait bien admettre que le fait qu'il n'ait pas cherché à se recoiffer lui plaisait. Sa chevelure désordonnée et la fossette qui ornait son visage souriant le rendaient dangereusement séduisant.

J'ai déjà vu mieux. Lara eut cette pensée défensive en réponse au frisson qui glissa le long de son dos tandis qu'elle contemplait Tate. Elle avait bel et bien déjà vu des hommes dotés d'une beauté plus conventionnelle, mais aucun d'entre eux n'était aussi séduisant que l'homme qui se tenait actuellement devant elle. Vêtu de façon décontractée avec un jean, des bottes et un pull vert, il devrait pourtant paraître inintéressant dans un tel environnement, mais ce n'était pas le cas. Lara savait qu'elle devait se montrer prudente, même s'il paraissait on ne peut plus sympathique. Tate Colter était un surdoué, tout comme le reste de ses frères et sœurs. Son sourire enfantin cachait un esprit qui examinait minutieusement Lara, tout aussi sûrement qu'elle évaluait simultanément ses motivations.

— Je n'accepte pas les verres offerts par un inconnu de toute façon, lui dit-elle avec indifférence même si elle ne voulait pas vraiment qu'il s'en aille tout de suite.

Il pourrait peut-être lui donner quelques informations, mais elle ne voulait pas non plus l'encourager. Marcus Colter était sa principale cible, mais elle pouvait peut-être se servir de son frère pour le trouver.

Tate prit la chaise en bois, la fit pivoter à cent quatre-vingts degrés et s'y installa à cheval. Son corps massif et athlétique faisait paraître la chaise minuscule.

— Dans ce cas nous devons d'abord faire connaissance, répondit-il avec assurance, comme s'il savait déjà que Lara allait se soumettre et tomber à ses pieds.

Vermine arrogante !

Lara s'efforça de rester neutre.

— Peut-être que je n'ai pas envie de vous connaître. Peut-être que je suis mariée ou que j'ai un compagnon, nuança-t-elle.

Tate haussa les épaules.

— Je n'ai pas dit que je voulais coucher avec vous. J'ai simplement dit que je voulais faire connaissance, dit-il en posant ses avant-bras sur le dossier de la chaise, le tout sans jamais cesser de sourire malicieusement.

— Tate Colter, ajouta-t-il en lui tendant sa main au-dessus de la table. Vous aviez l'air de vous sentir seule.

— Lara, répondit-elle avec réticence en lui serrant rapidement la main.

Les mains de Tate étaient fermes et rugueuses. Il n'avait pas les doigts doux et délicats d'un milliardaire. À vrai dire, il n'avait rien d'un homme fortuné. Il ressemblait davantage à un homme capable de travailler à l'extérieur par tous les temps qu'à un col blanc des salles de réunion.

Tate est probablement à l'aise en toutes circonstances.

Malheureusement, rares étaient les situations sociales où Lara se sentait parfaitement à l'aise. Cette brève interaction avec lui suffisait d'ailleurs à mettre toute son anatomie en état d'alerte.

— Je ne me sens absolument pas seule. Je suis venue ici pour... réfléchir, s'empressa-t-elle de dire. Seule, ajouta-t-elle aussitôt.

Tate regarda autour de lui d'un air dubitatif.

— On ne peut pas dire que ce soit un lieu paisible, ni même un lieu propice à la réflexion.

Zut. En effet, le bar était bondé et bruyant, tout sauf un endroit où être seule avec ses pensées. C'était un lieu de socialisation.

— Peut-être que je voulais simplement m'asseoir ici seule pendant un moment, dit-elle, impatiente de lui soutirer des informations utiles et de s'éloigner de l'attraction et de la curiosité de ses yeux gris qui n'avaient pas quitté son visage depuis qu'il s'était assis devant elle. Tate la mettait mal à l'aise comme jamais elle ne l'avait été auparavant en présence d'un homme. Lara avait pourtant fréquenté de nombreux hommes aussi séduisants que désagréables. Néanmoins, ce qu'elle percevait de Tate Colter n'avait rien de désagréable, bien au contraire.

— Êtes-vous ici en vacances ? demanda-t-il afin d'alimenter la conversation, sans se soucier de l'attitude dédaigneuse affichée par Lara.

— Oui, répondit-elle simplement.

Elle baissa les yeux sur son verre et constata que les glaçons se faisaient de plus en plus petits à mesure qu'elle remuait sa boisson. Elle ne voulait pas repousser Tate, mais elle ne voulait pas non plus encourager son petit jeu de séduction. Il était déjà bien assez effronté.

Sois plus aimable, mais pas trop non plus. Lara voulait lui soutirer des informations, mais pour d'obscures raisons, il la poussait à se montrer défensive. Elle ne comprenait pas vraiment pourquoi son instinct lui intimait de fuir aussi vite et aussi loin que possible.

— C'est la première fois que je vous vois dans le coin. Quand êtes-vous arrivée ?

— Hier, tard dans la soirée, répondit-elle.

Bon Dieu, si seulement il pouvait cesser de la regarder comme un organisme rare sous un microscope.

— Vous êtes un Colter ? Un membre de la célèbre famille Colter ? demanda-t-elle à son tour en jouant la carte de la flatterie, le tout en essayant de paraître désintéressée. . .

— Je ne suis pas le plus célèbre de la famille, mais je suis assurément le plus intelligent, répondit-il impassiblement. Ma mère s'est absentée pour aller rendre visite à ma tante ainsi qu'à mon oncle, alors je lui ai promis de venir ici chaque après-midi pour veiller au bon fonctionnement de l'établissement. J'étais sur le point de partir quand je vous ai vue assise ici toute seule. Et en l'absence de ma mère, j'ai la responsabilité de veiller au bien-être de nos clients.

Lara se demanda si cette déclaration prétentieuse était vraie. L'assurance inébranlable dont il faisait preuve le rendait incroyablement attirant, et Lara ne doutait pas de son intelligence. À défaut d'être totalement odieux, il était certainement orgueilleux.

— N'avez-vous pas des frères pour s'en occuper à votre place ? demanda-t-elle en continuant de feindre son ignorance.

Pourquoi ai-je l'impression qu'il m'a démasquée ?

La conversation était on ne peut plus banale, mais Lara avait le sentiment de jouer au chat et à la souris avec lui, et malheureusement, elle occupait le rôle du rongeur.

— J'ai même une sœur, répondit-il nonchalamment. Ma sœur, Chloé, est la plus jeune de nous tous. Elle possède une clinique vétérinaire ici à Rocky Springs. J'ai aussi trois frères aînés.

— Je me souviens avoir entendu parler de jumeaux chez les Colter, commenta-t-elle d'un air faussement perplexe.

— Mes frères aînés, Marcus et Blake, sont des jumeaux. Blake est sénateur. Zane a un an de plus que moi. Il est chercheur en biotechnologie.

— Et que fait Marcus ? demanda-t-elle d'un ton qu'elle espérait être suffisamment désinvolte.

Tate haussa ses épaules musclées.

— Il est souvent en déplacement pour s'occuper de la Colter Corporation.

— Son absence doit être difficile pour vous. Vous ne devez pas le voir très souvent. *Bon sang, j'espère que Marcus n'est pas en déplacement.*

— Nous y sommes tous habitués. La plupart d'entre nous sommes souvent en déplacement, sauf Chloé. Elle reste à la maison maintenant. Marcus doit revenir demain et il devrait rester ici un bon moment. Zane est à Denver à jouer au savant fou. Quant à Blake, il devrait être de retour après la clôture du congrès, expliqua-t-il.

Tate semblait décontracté, mais il ne souriait plus et son regard était figé sur le visage de Lara.

Il sait que je suis à la recherche d'informations. Et mince. Mince. Mince. Pourquoi était-il si observateur ?

Lara lui sourit faiblement.

— En voilà de bonnes nouvelles, répondit-elle avec neutralité.

Gagné !

Marcus Colter serait de retour à Rocky Springs dès le lendemain.

— Quels sont vos projets pendant votre séjour chez nous ? demanda Tate, comme s'il avait parfaitement le droit de connaître son emploi du temps.

— D'où venez-vous ? Que fuyez-vous ? ajouta-t-il.

— Qu'est-ce qui vous fait dire que je fuis quoi que ce soit ? demanda-t-elle avec prudence en restant évasive dans ses réponses.

— N'est-ce pas pour cela que les gens prennent des vacances ?

— Je viens de la côte est. Je me suis dit que le Colorado serait une bonne destination pour un changement radical d'environnement. Je travaille dans le secteur bancaire. C'est un milieu très stressant, répondit-elle en lui lançant un sourire agréable.

— Êtes-vous déjà allé aux sources thermales ? C'est ce que vous trouverez de plus efficace pour vous débarrasser du stress.

— Non, pas encore.

— Vous êtes allée skier aujourd'hui ?

— Je ne fais pas de ski, avoua-t-elle à contrecœur.

— Vous pouvez prendre quelques cours avec un moniteur. À vrai dire, je serais moi-même ravi de vous apprendre à skier, lui dit-il d'une voix outrageusement libidineuse qui lui laissait entendre que la pratique du ski n'était pas son véritable objectif.

Lara sentit son corps frémir lorsque leurs regards se croisèrent. Tate était désormais parfaitement clair dans ses intentions.

J'ai obtenu ce que je voulais. Il est temps de s'enfuir. Littéralement.

— Merci, dit-elle, mais je suis venue ici pour passer un peu de temps seule. Je viens de me séparer de mon compagnon - un homme qui m'a trompée. Je cherche en quelque sorte à soigner mes blessures dans mon coin. J'apprécie votre proposition, mais j'ai vraiment besoin de passer du temps avec moi-même, expliqua-t-elle avant de se lever et d'ajuster sa robe. Merci de m'avoir brièvement tenu compagnie, peut-être qu'on se recroisera, ajouta-t-elle en fouillant dans son petit sac à main pour en sortir la clé de sa chambre, puis elle le salua poliment d'un hochement de tête et s'en alla.

Tate se leva à son tour et remit sa chaise en place.

— Lara ?

— Oui ? fit-elle en se retournant.

Tate s'approcha d'elle d'un pas nonchalant, puis il prit une mèche de ses cheveux entre ses doigts et contempla son visage un instant avant de se pencher vers elle.

Lara fut alors submergée de son parfum masculin, une odeur fraîche, musquée et enivrante. . . Malgré ses talons de huit centimètres, Lara se sentait minuscule et sans défense si près de lui et elle éprouvait soudain un sentiment de vulnérabilité dont elle n'avait encore jamais fait l'expérience. Elle n'avait pas peur, mais elle se sentait exposée.

L'espace d'un instant, elle crut qu'il allait l'embrasser, mais au lieu de cela, ses lèvres s'approchèrent de son oreille et, d'une voix rauque, il dit :

— Un homme capable d'une chose pareille ne mérite pas une seconde chance.

Tate se redressa lentement et saisit délicatement le menton de Lara pour qu'elle le regarde dans les yeux.

— Ne vous laissez pas bouleverser par cet homme. Il n'en vaut pas la peine.

Lara fut hypnotisée par la profondeur de ses yeux gris. Ce qu'il venait de lui dire était catégorique, sincère et avait suffi à faire vibrer son âme. Cela faisait en réalité un moment qu'elle n'était plus avec son petit ami infidèle, mais elle ne l'avait pas inventé. Depuis cette mésaventure, elle n'était pas encore parvenue à accorder sa confiance à un autre homme.

— Je...je tâcherai de m'en souvenir, balbutia-t-elle maladroitement.

Ressaisis-toi, Bailey ! Souviens-toi de la raison qui t'amène ici. Concentre-toi sur ton objectif.

— C'est préférable, répondit Tate.

Lara décrocha difficilement son regard du sien, puis elle fit un pas en arrière et se précipita vers l'ascenseur. Tate ne chercha pas à la suivre mais elle pouvait sentir son regard dans son dos jusqu'à ce qu'elle entre dans l'ascenseur – cette fois sans trébucher à cause de ses talons – et qu'elle appuie sur son numéro d'étage avec plus de vigueur que nécessaire. Lara dut mobiliser toute sa volonté pour ne pas regarder dans sa direction jusqu'à ce que les portes se ferment.

Une fois isolée dans la cabine parfaitement insonorisée, elle s'appuya contre la paroi et poussa un soupir de soulagement tremblant.

Que diable venait-il de se passer ?

Elle avait un objectif, mais Tate Colter ne faisait certainement pas parti de son plan. Lara ayant obtenu ce qu'elle désirait, Tate ne lui était plus d'aucune utilité. Elle devrait donc tout faire pour l'éviter.

Marcus était sa cible et elle devait désormais veiller à ce que toute son attention se porte sur l'aîné des Colter. Il lui restait encore à le trouver et à gagner son affection.

Un bip sonore retentit dans l'ascenseur lorsqu'elle arriva à son étage. Les portes s'ouvrirent et Lara se dirigea vers sa chambre avec son sang-froid retrouvé et son objectif bien en tête.

Je crois bien qu'elle vient de m'envoyer balader.

Tate se tenait toujours là où Lara l'avait quitté, un sourire béat sur les lèvres, fossette sur la joue. Il était rare – pour ne pas dire inexistant – qu'une femme ne se jette pas sur lui. De son côté, cela faisait bien trop longtemps qu'il n'avait pas ressenti un tel intérêt pour quelqu'un.

Elle est n'est pas mariée. Un homme a été assez stupide pour la laisser filer.

Tate devrait probablement se sentir froissé qu'elle l'ait snobé, mais cela avait plutôt tendance à l'amuser. Tate était un milliardaire célibataire de la famille Colter ainsi qu'un homme relativement séduisant. Il n'était pas habitué à ce genre de réaction. Les femmes cherchaient habituellement à attirer son attention.

Tate avait observé Lara pendant un long moment avant d'aller à sa rencontre. Il avait même eu la chance et le bonheur d'assister à sa sortie acrobatique de l'ascenseur – bien que rassuré qu'elle ne soit pas tombée. Elle avait vite retrouvé son équilibre et sa façon d'observer son environnement n'avait pas échappé à Tate. Lara n'était manifestement pas stupide et il avait bien compris qu'elle était ici pour autre chose que de simples vacances. Elle semblait très alerte et bien trop attentive à ce qui l'entourait.

Il y avait donc un mystère à élucider à propos de Lara, et curieusement, Tate avait très envie de comprendre ce qui l'amenait ici.

Le ski ne l'intéressait pas.

Les sources thermales non plus.

Pourtant, c'est bien le Colorado qu'elle avait choisi comme destination.

Cherchait-elle vraiment à soigner son cœur brisé ? Rocky Springs était-il vraiment l'endroit idéal pour y parvenir ? Lara ne semblait pas vouloir profiter des installations et des activités proposées ici.

Tate aurait pourtant imaginé qu'une destination de vacances avec un climat plus chaud serait mieux adaptée à soigner un cœur endolori. La plupart des gens venaient dans le Colorado en cette saison pour une seule et unique raison : les sports d'hiver. Rien d'autre ne pouvait justifier de braver les températures négatives ainsi que les chutes de neige incessantes. Si Tate n'était pas un tel amoureux des sports d'hiver, de sa famille ainsi que de sa région natale, il serait probablement lui-même sur une belle île tropicale. Mais alors que faisait Lara ici ?

Le choix de porter une robe de soirée excessivement sexy était également des plus étranges. Cela n'incitait pas vraiment à la solitude. Si son objectif était de séduire la gent masculine, alors pourquoi avait-elle été si prompte à se débarrasser de lui ?

La fraction de seconde de vulnérabilité qu'il avait perçue dans son regard lui avait suffi à comprendre qu'elle disait la vérité à propos du petit ami infidèle. Mais était-ce véritablement la raison de sa présence ici ? Contrairement aux vacanciers et skieurs détendus et habitués des lieux, elle ne semblait pas à sa place. Tate avait bel et bien l'impression qu'elle cherchait à fuir quelqu'un ou quelque chose.

Moi ?

Son sourire ne cessa de croitre tandis qu'il sortait du bar. Lara lui avait tourné le dos avec une facilité déconcertante sans même se retourner, et cela l'intriguait. Il en était d'autant plus déterminé à mieux la connaître...et à la mettre dans son lit.

J'ai menti en disant que je ne voulais pas coucher avec elle. L'attirance qu'il ressentait pour elle fut instantanée en la voyant sortir de l'ascenseur.

Cela faisait bien longtemps qu'il n'avait pas ressenti une chose pareille pour une femme - bien avant son accident. Lara était belle, avec de longs cheveux blonds, des yeux marrons expressifs qui semblaient cacher mille secrets ainsi qu'un corps magnifique que Tate avait envie d'explorer. Ses jambes fines n'en finissaient pas et il aimerait bien que Lara les enroule autour de sa taille.

Tate avait dû faire preuve d'une retenue surhumaine pour ne pas glisser ses doigts dans ses cheveux soyeux et goûter à ses magnifiques lèvres charnues, ici même, au beau milieu du bar.

Ce n'est que partie remise.

Lara ne finirait peut-être pas dans son lit ce soir, mais Tate pouvait attendre. Il savait se montrer patient afin d'agir au moment opportun. Elle en valait la peine, à n'en pas douter.

J'ai besoin d'en savoir plus sur Lara de la côte est, avec un travail stressant et une ordure d'ex petit ami.

Voilà pour l'instant tout ce qu'il savait de la femme qui avait suscité son intérêt et éveillé un désir sexuel endormi. Il savait également qu'elle séjournait ici, à la station balnéaire d'hiver, mais cela n'avait que peu d'importance. Tate possédait une partie de cette station, il n'aurait donc aucune difficulté à accéder à son dossier. À vrai dire, il suffisait d'un simple appel téléphonique et il aurait accès à n'importe quelle information la concernant.

Tate élaborait sa stratégie tout en se dirigeant vers le comptoir de réception pour en apprendre davantage à propos de Lara.

Cela faisait bien longtemps qu'une femme n'avait pas attiré son attention de la sorte, et après lui avoir brièvement adressé la parole, il se savait incapable de l'oublier et de passer à autre chose. C'est elle qu'il voulait et il était désormais prêt à tout pour arriver à ses fins. Il y a trop longtemps qu'il n'avait pas ressenti cela pour la laisser filer. De surcroît, Tate savait qu'il n'avait pas laissé Lara indifférente. Néanmoins, quelque chose la retenait. Ce n'était pas un jeu pour elle. Elle ne jouait pas à la femme difficile à séduire. Sa froideur était sincère et elle avait bel et bien cherché à se débarrasser de lui au plus vite.

C'est bien mal me connaître.

Tate lança un sourire charmeur à la réceptionniste de l'hôtel, puis il passa derrière le comptoir pour accéder à l'ordinateur.

Il avait toujours eu beaucoup de mal à accepter l'échec. Son plan serait vite échafaudé dans le seul but de mettre Lara dans son lit le plus rapidement possible.

Si son cœur était véritablement brisé, il le réparerait de la manière la plus agréable qui soit.

Le lendemain matin, Lara bâilla bruyamment en montant dans l'ascenseur menant à la salle de sport du complexe hôtelier. Son estomac réclamait un petit déjeuner. Après son escapade au bar, elle s'était rendue dans le centre-ville de Rocky Springs où elle avait trouvé un petit restaurant familial. Les deux cheeseburgers au bacon accompagnés de frites au chili qu'elle y avait mangé étaient digérés depuis longtemps et elle était à nouveau affamée.

Mais d'abord, une séance de sport.

Vêtue d'un collant de yoga noir et d'un t-shirt gris, ses cheveux attachés en queue de cheval, elle était prête à en découdre. Elle avala le reste du café qu'elle avait préparé dans sa chambre d'hôtel et jeta son gobelet dans une poubelle située à l'entrée de la salle de sport. Il était très tôt et, tout comme la veille, elle s'attendait à trouver une salle déserte.

Elle avait tort.

Une fois devant la porte coincée en position ouverte, elle jeta un œil à l'intérieur et fut surprise de voir un jeune couple sur le tatami situé au milieu de la salle. L'homme aux cheveux bruns était grand et élancé, vêtu d'un kimono de judo blanc avec une ceinture noire.

Sa partenaire d'entraînement portait une tenue semblable à celle de Lara, qui reconnut immédiatement Chloé Colter.

Elle se rapprocha de la porte en entendant la détresse dans la voix de Chloé.

— James, tu me fais mal.

L'homme, qui tenait fermement son petit poignet, répondit avec arrogance :

— Tu as dit vouloir partager certains de mes centres d'intérêt, Chloé. Les arts martiaux impliquent un peu de souffrance et de discipline.

Lara roula des yeux et serra les dents en le voyant faire. Il continuait de lui tordre le poignet en prétextant lui expliquer le mouvement. Ce sadique semblait prendre du plaisir dans son enseignement vigoureux. Du point de vue de Lara, cet homme ne semblait même pas qualifié pour le faire. Il jeta ensuite Chloé au sol avec plus de force que nécessaire, et ce, sans raison apparente ni pour lui apprendre quoi que ce soit.

Ce salaud prend juste du plaisir à lui faire mal. Il ne lui apprend rien du tout, si ce n'est à souffrir. Sa ceinture noire doit venir d'une pochette surprise.

— On arrête. J'ai mal au dos et je ne sais pas comment m'y prendre.

C'était on ne peut plus compréhensible au vu de la méthode employée par son enfoiré d'instructeur. Il se contentait de la punir.

— Debout, Chloé. Tu te blesseras plus d'une fois avant de comprendre, dit l'homme avec impatience.

Il arracha pratiquement le bras de Chloé pour la forcer à se lever.

— Tu as dit que tu voulais perdre un peu de cette graisse avant notre mariage.

Lara tressaillit. Oh mon Dieu. C'était donc *lui* son fiancé ? Incroyable ! Quel abruti.

— Je veux effectivement perdre un peu de poids, répondit Chloé d'un air découragé, une main posée sur son dos douloureux.

C'est avec effroi que Lara regarda son fiancé la mettre à terre une fois de plus, plus fort encore que la fois précédente.

— Aie ! cria-t-elle pour manifester une douleur bien réelle. James, je n'en peux plus.

En voyant le fiancé de Chloé lui attraper le bras, Lara perdit patience et entra en action. La malveillance de cet homme virait au sadisme. Chloé Colter n'avait vraisemblablement pas besoin de perdre du poids et son fiancé était un tyran assoiffé de torture. Que faisait-elle avec un crétin pareil ? Non seulement Chloé était une très jolie femme, mais elle était de surcroît riche et instruite

Lara se précipita vers le tatami et aida gentiment Chloé à se relever.

— L'apprentissage ne devrait pas être douloureux, lui dit Lara. Et vous devriez apprendre quelque chose chaque fois que vous tombez. Un bon instructeur commencera par vous enseigner les bases de ce sport sans que cela ne relève de la torture, ajouta-t-elle en parlant suffisamment fort pour que James l'entende.

Elle n'essaya pas de dissimuler son dédain pour les méthodes de cet homme.

— Et qui diable êtes-vous ? demanda-t-il avec colère et suffisance.

— Je suis une cliente qui n'aime pas vos méthodes d'enseignement, répliqua Lara avec férocité en se tournant vers lui.

— James, c'est une cliente. Nous devrions y aller. Je ne pensais pas que quiconque viendrait ici aussi tôt, nous n'avons rien à faire ici lorsque des clients sont présents, dit Chloé.

— Tu as juste peur de tomber, dit James d'un ton moqueur.

Bien évidemment qu'elle a peur. C'est toi qui lui fais peur, salaud.

— Elle est blessée. Vous ne devriez pas continuer, dit Lara avec fermeté.

Elle avait également envie de lui dire qu'il était un piètre instructeur et que ses méthodes étaient cruelles, mais Lara garda cela pour elle. — Pourquoi ne pas lui montrer les bons mouvements et lui donner quelques exemples ? suggéra-t-elle avec un sourire ironique. . .

— Je serais ravi de lui faire une démonstration avec vous, répondit James en lui rendant un sourire narquois.

Lara n'en espérait pas moins et accepta immédiatement sa proposition.

— Montrez-moi, dit-elle se mettant en position sur le tatami.

James s'approcha d'elle avec détermination et saisit son bras si fort qu'elle grimaça. À son tour, Lara attrapa le bras de James et s'appuya sur son centre de gravité plus bas que le sien pour le faire basculer. Stupéfait, il tomba sur le dos.

—Espèce de salope, grogna-t-il d'un air menaçant.

James s'empressa de se relever, son visage rouge de colère.

— Quel est le problème, mon grand ? Tu n'aimes pas t'en prendre à quelqu'un avec de l'entraînement ? lâcha-t-elle.

La prise avait été effectuée selon les règles de l'art et il n'avait aucune raison d'être énervé. Cependant, Lara était manifestement en présence d'un homme qui n'aimait pas perdre, et certainement pas face à une femme.

— James, non ! cria Chloé.

James attaqua Lara par-derrière, mais elle était prête. À ce stade, il ne faisait même plus semblant de pratiquer un art martial. Il avait la ferme intention de la punir. S'il ne voulait pas se battre loyalement, alors Lara non plus. En sentant son bras s'enrouler autour de sa gorge, Lara mobilisa toute sa force physique pour envoyer son coude en arrière, le frappant de plein fouet dans le plexus solaire. Par mesure de sécurité, elle écrasa simultanément son pied et profita de sa surprise pour lui donner un grand coup de poing dans le nez.

Il la lâcha immédiatement et tomba lentement au sol avec un atroce beuglement de douleur.

— Tu m'as pété le nez.

Haletante de colère, Lara réagit instinctivement en sentant un autre bras masculin s'enrouler autour de ses épaules. Elle envoya tout son poids vers l'avant pour essayer de faire tomber son nouvel agresseur, mais contrairement à James, celui-ci ne lâcha pas prise. Ils tombèrent ensemble au sol et luttèrent pour prendre le dessus. Cet homme était entraîné et parvint à la maîtriser en quelques secondes de façon totalement indolore. Lara essaya de lui donner un coup de genou, mais il bloqua sa tentative.

— Chérie, avant d'essayer de frapper les parties intimes d'un homme, veille à avoir une échappatoire, dit Tate Colter, son corps musclé contre le sien.

— On se calme. Je n'essayais pas de te faire mal. Je voulais juste t'empêcher de tuer notre cher débutant, ici présent, ajouta-t-il en tournant la tête pour foudroyer James du regard.

Son cœur martelant vigoureusement sous l'effet de l'adrénaline, Lara hocha la tête. Ses yeux se posèrent sur ceux de Tate.

— Que faites-vous ici ? demanda-t-elle en essayant tant bien que mal de reprendre son souffle.

Du coin des yeux, Lara vit Chloé aider James à se relever avant de l'accompagner vers la sortie. Sur son passage, il lança un regard noir à Lara.

— Je suis venu faire ma séance de sport, répondit Tate. Je dois bien avouer que je ne m'attendais pas à trouver de la bagarre si tôt de bon matin. Que diable s'est-il passé ? demanda-t-il.

Ses yeux gris tourbillonnaient d'émotion et son corps était tendu.

— Est-ce que vous pouvez me lâcher ? exigea-t-elle.

— Ça dépend. Est-ce que tu vas essayer de me botter les fesses ? demanda-t-il, ses yeux s'illuminant soudain d'un humour diabolique. — Tu es douée, bébé. Tu sais même te battre face à un adversaire sans foi ni loi. Mais je suis meilleur.

Il était effectivement meilleur, ce qui agaçait sérieusement Lara. Tate Colter faisait autrefois partie des forces spéciales, ce qui expliquait sûrement la différence de niveau. Selon toute vraisemblance, ses connaissances ne se limitaient pas au judo et au krav maga.

Lara inspira profondément pour emplir ses poumons d'oxygène, mais le parfum masculin de Tate enveloppa ses sens et, une fois de plus, elle eut l'impression de tomber et de se noyer dans la profondeur et l'intensité de ses yeux gris. En sentant le corps de Tate contre le sien, Lara avait subitement envie d'autre chose. Cet homme éveillait sa féminité d'une manière qu'elle n'avait pas ressentie depuis bien longtemps... Ou qu'elle n'avait tout simplement *jamais* ressentie. C'était pour le moins déroutant.

Elle dégagea ses poignets et poussa contre son torse.

— Je jette l'éponge.

— Je sais. Je savoure ma victoire, dit-il avec un clin d'œil.

— Petit malin, grommela-t-elle.

Tate ôta son corps du sien et l'aida délicatement à se relever.

Il était vêtu d'un pantalon de survêtement bleu marine et d'un t-shirt qui collait à chaque centimètre carré de son torse, de ses abdominaux et de son torse sculpté. Lara s'efforça de détourner son regard, puis elle ajusta distraitement son propre t-shirt.

— Alors qu'est-ce qui t'a poussée à botter les fesses de James ? demanda-t-il avec curiosité.

— Il était maltraitant avec Chloé, répondit-elle avant de se diriger vers un tapis de course.

Tate prit le tapis de course situé à côté du sien, puis ils commencèrent à marcher à une allure d'échauffement.

— Comment as-tu su qui elle était ?

Lara réfléchit rapidement à une réponse crédible.

— J'ai entendu James dire son nom. Chloé est votre sœur, n'est-ce pas ?

— Je pense que nous pouvons nous tutoyer. Et oui, Chloé est ma sœur. Ma petite sœur. Que veux-tu dire par malveillant ? demanda-t-il d'une voix soudain agacée et menaçante.

Lara leva les yeux vers le mur situé devant les tapis de course. Celui-ci était décoré d'une peinture représentant une forêt.

— Non seulement il lui disait qu'elle est grosse, mais il passait son temps à la jeter violemment au sol sans lui apprendre quoi que ce soit. Chloé l'a prévenu que son dos la faisait souffrir mais cela ne l'a pas empêché de continuer. C'est un crétin. Je ne comprends vraiment pas pourquoi elle veut l'épouser.

Tate haussa les épaules.

— James est le docteur local. Ils se connaissent depuis le lycée. Depuis leur rencontre à l'école, nous ne les voyons pas très souvent. Chloé a terminé ses études vétérinaires l'année dernière et elle vient juste d'ouvrir sa propre clinique. Nous sommes tous heureux qu'elle soit de retour ici. Pour être honnête, je crois qu'aucun d'entre nous ne connaît vraiment James. J'ai entendu quelques rumeurs à son sujet, mais j'ai toujours pensé que ce n'était rien de plus que des...rumeurs. Nous vivons dans une petite ville, les propos et les histoires sont vite déformés et exagérés.

— Si les rumeurs disent qu'il est cruel, sadique et malveillant, alors j'aurais tendance à les croire, remarqua Lara en haussant la vitesse de son tapis de course.

Tate resta silencieux quelques instants, comme s'il réfléchissait à ce qu'elle venait de lui dire.

— Je vais examiner ces rumeurs de plus près. Et je vais commencer à veiller sur Chloé. Je crois que moi et mes frères devrions avoir une conversation avec elle. Merci de lui être venu en aide.

Lara hocha la tête, puis un silence confortable s'installa entre eux tandis que la vitesse de leurs tapis de course continuait de croitre.

— Est-ce que tu viens vraiment ici tous les jours pour faire ta séance de sport ? demanda-t-elle avec curiosité.

Lara trouvait cela étrange qu'un homme comme Tate ne possède pas sa propre salle de sport chez lui. Chacun des Colter possédait une résidence à Rocky Springs. Des maisons probablement très spacieuses.

— Je viens surtout ici pour voir ma mère. Je n'ai pas passé assez de temps avec elle ces dernières années. Et puis je dois bien avouer que j'adore le buffet du petit déjeuner. Je ne suis pas un grand cuisinier. Le petit déjeuner est incroyable. Les produits sont frais et sains.

L'estomac de Lara se manifesta.

— Il y a un buffet pour le petit déjeuner ici ?

— La réception ne t'en a pas parlé ? C'est pourtant inclus dans l'offre pour tous les clients de l'hôtel. Ainsi que pour certains intrus comme moi, dit-il.

— Pour être honnête, je ne leur ai pas vraiment laissé le temps de me dire quoi que ce soit quand je suis arrivée. Il était tard et j'étais épuisée. Je meurs de faim, avoua-t-elle avec hésitation.

— De combien de temps as-tu besoin pour finir ton entraînement ?

Lara augmenta encore la vitesse de son tapis.

— Ça ne devrait pas être trop long. Et toi ?

— Moins de temps que toi, plaisanta-t-il. Et si j'arrive en premier au buffet du petit déjeuner, je ne laisserai pas grand-chose.

— Je vais finir plus vite, insista-t-elle en réglant son tapis sur la vitesse maximale. Et je suis une cliente. Tu n'es qu'un pique-assiette, ajouta-t-elle alors que son souffle devenait de plus en plus lourd.

— Cela n'aura aucune importance si je mange la dernière gaufre, remarqua-t-il.

Tate courait lui aussi à un rythme soutenu, mais il ne transpirait même pas.

— Cela n'arrivera pas, lui dit-elle d'un ton catégorique, déterminée à attaquer son petit déjeuner avant lui.

Ils finirent en même temps, mais Tate fut plus rapide sous la douche et se rendit donc au buffet avant elle.

Malgré toutes ses provocations, il eut la gentillesse de lui garder quelques gaufres.

Bon Dieu, pour une si petite femme, Lara Bailey a un sacré appétit.

Tate était assis en face d'elle à l'une des petites tables installées dans la salle et il la regardait avaler sa troisième gaufre. Avant cela, elle avait déjà dévoré plusieurs œufs, des saucisses, du bacon et du pain grillé. Cela ne semblait pas avoir freiné son appétit. Elle mangeait plus lentement, mais elle ne semblait pas près de s'arrêter.

Selon lui, il n'existait rien de plus sexy qu'une femme qui n'avait pas peur de bien se remplir le ventre. Il craignait un peu qu'elle mange plus que lui mais il était parvenu à déguster un petit déjeuner encore plus copieux que celui de Lara. Elle mangeait plus lentement afin de mieux savourer sa nourriture. De son côté de la table, Tate prenait du plaisir rien qu'à la regarder. Il posa sa fourchette dans son assiette vide et la regarda se lécher les lèvres et pratiquement gémir d'extase au goût du sirop d'érable.

Lara était une énigme, mais il la comprenait un peu mieux après ce qu'il avait découvert sur son passé. Malheureusement, il n'avait encore rien trouvé à son sujet qui ne suscite pas son admiration ou son adoration. Même sa façon de manger la rendait irrésistible. Elle dévorait son assiette comme si elle ne savait pas quand elle aurait l'occasion de manger un autre repas. Sans parler du fait qu'elle était capable de botter les fesses d'un homme, tout ce qui la caractérisait était sexy. Mais Tate était troublé par certaines choses à son sujet. Pour commencer, que faisait-elle vraiment ici, à Rocky Springs ? Maintenant qu'il savait qu'elle n'était pas une simple touriste, il était encore plus dérouté.

Ce qu'elle lui avait dit au sujet de James tournait en boucle dans son esprit. Il devait en parler à ses frères et tâcher d'en savoir davantage sur la véracité des rumeurs concernant James. S'il obtenait confirmation de ces histoires, il devrait alors trouver un moyen de l'éloigner de Chloé pour de bon. Il était hors de question qu'elle épouse un enfoiré maltraitant.

— Tu sais apprécier les bonnes choses, commenta-t-il d'un ton neutre tandis qu'elle avalait la dernière bouchée de sa gaufre.

Lara le regarda attentivement.

— Oui. Est-ce que ça te pose un problème, Colter ?

— Non. Ça me plaît. Je ne supporte pas les femmes qui prétendent ne pas avoir faim par peur d'avouer qu'elles sont en réalité affamées.

— Ah oui ? fit-elle en le regardant d'un air perplexe.

Tate regarda droit dans ses yeux chocolat et examina sa confusion. — Oui.

— Mon ex disait que je mange comme une cochonne, dit-elle en posant délicatement sa fourchette sur sa serviette avant de prendre sa tasse de café.

— Je trouve qu'il n'y a rien de plus sexy qu'une femme avec un bon appétit, dit-il d'une voix rauque.

En la regardant manger, Tate ne put s'empêcher d'imaginer ce que cela devait être que de la voir jouir : son visage animé d'une expression d'extase totale. Cela lui donnait envie d'être celui qui ferait apparaître cette expression sur son visage.

— Ton ex était une ordure.

— Je suis d'accord, répondit-elle joyeusement.

Elle semble bien plus détendue aujourd'hui. Plus heureuse que la veille.

Lara était habillée de façon décontractée avec un jean, des baskets et un pull vert foncé qui faisait paraître ses yeux encore plus grands qu'habituellement.

— Quels sont tes projets pour aujourd'hui ? demanda-t-il.

Une part de lui espérait que son seul projet du jour était de le suivre chez lui et de passer la journée au lit dans ses bras. Il avait tellement envie d'elle que son entrejambe en devenait douloureux. Malheureusement, il doutait que Lara soit dans le même état d'esprit.

— J'ai déjà des projets, répondit-elle en regardant ostensiblement sa montre. À vrai dire, je dois y aller. Merci de m'avoir parlé du petit déjeuner, dit-elle en se levant plus vite que si ses fesses étaient en feu. Elle le salua de la main et traversa rapidement la salle comme si elle avait une mission à accomplir - un autre aspect de sa personnalité qui plaisait beaucoup à Tate.

Tate la suivit du regard et la vit disparaître dans l'ascenseur.

— Vas-y, enfuis-toi, ma chérie. Tu ne pourras pas aller bien loin.

Déterminé à élucider le mystère qu'était Lara Bailey, il se leva à son tour et la suivit.

— Lara !

En entendant une voix féminine crier son nom, Lara s'arrêta et se retourna, même si elle était impatiente de sortir. Chloé Colter se précipita à travers le hall pour aller à sa rencontre, vêtue à peu près comme l'était Lara : un pantalon de ski, un pull, un manteau, des gants et un bonnet. La tenue de Chloé était principalement rouge, celle de Lara était noire.

— Je suis tellement désolée de ce qui s'est passé tout à l'heure. Je viens de voir Tate qui m'a dit que tu n'étais pas blessée, s'empressa de dire Chloé.

Les deux femmes faisaient à peu près la même taille, environ un mètre soixante-deux, mais Chloé avait une silhouette plus féminine que Lara ainsi que des formes appréciées par la majorité des hommes. Lara remarqua la détresse dans les yeux gris de Chloé Colter.

— Ce n'est rien. Moi aussi je suis désolée. Je n'aurais pas dû blesser ton fiancé. *Même s'il l'avait bien mérité.* Est-ce qu'il va bien ? demanda-t-elle. *Même si je m'en moque complètement.*

Lara afficha un regard faussement inquiet et espéra secrètement que James était dans son lit en train de sucer son pouce et de se lamenter à propos de son nez cassé, de son pied foulé et de son dos endolori.

Chloé semblait mal à l'aise.

— Il va bien mais il était plutôt en colère. Il est toujours en colère ces derniers temps. Je ne comprends pas ce qui lui arrive. Il agit de manière étrange depuis mon retour à Rocky Springs l'année dernière.

C'est un salaud. Il était plus que probable que James ait toujours été comme cela. Chloé était tout simplement trop occupée par ses études pour s'apercevoir que son fiancé était un moins que rien. Le programme du cursus vétérinaire devait être intense.

— Étiez-vous dans la même université ?

— Non, répondit Chloé en baissant les yeux. Il a quatre ans de plus que moi. Il avait déjà sa licence alors que je sortais à peine du lycée. Quand j'ai commencé mes études vétérinaires, il était en faculté de médecine. Après notre rencontre, nos chemins se sont donc séparés pour nos études respectives. Nous ne pouvions pas nous voir très souvent.

— Les gens changent. Il est peut-être temps de reconsidérer ce mariage, dit Lara avec prudence.

Cela ne la regardait pas, mais elle ne voulait pas voir Chloé épouser un homme capable de la maltraiter. Elle ne voulait voir *aucune* femme épouser ce genre d'homme.

— Il s'est excusé. Il dit qu'il est soumis à beaucoup de stress en ce moment, expliqua Chloé d'un ton hésitant.

— Ce n'est pas une excuse. Tu devrais te débarrasser de lui, Chloé. On ne se connaît pas beaucoup, mais je constate simplement que tu es instruite, jeune et jolie.

Chloé soupira.

— Tate me dit la même chose.

— J'aurais tendance à l'écouter, insista Lara, surprise d'apprendre que Tate Colter avait la même analyse de la situation.

— Une chose est sûre, je ne me risquerai plus à apprendre un art martial avec lui, dit Chloé d'un ton catégorique. Je me demandais d'ailleurs si tu accepterais de me donner quelques conseils.

Lara n'avait rien d'une instructrice d'art martial.

— Je n'ai jamais donné de cours, Chloé...

— S'il te plaît. J'aimerais beaucoup apprendre, la supplia-t-elle.

Lara ouvrit à nouveau la bouche, prête à refuser, mais son instinct prit le dessus. Le simple fait d'apprendre quelques mouvements de base à cette femme pourrait bien un jour lui sauver la vie.

— Je ne reste pas ici très longtemps, mais je veux bien t'apprendre quelques techniques d'autodéfense avant mon départ.

Chloé eut l'air soulagée.

— Merci.

— Est-ce que tu vas te balader ? demanda Lara en baissant les yeux sur les vêtements d'hiver que portait Chloé.

— Oui. Je voudrais essayer de profiter des pistes avant l'arrivée du blizzard. Une tempête est prévue en fin de journée. Quand le vent se sera levé et que la visibilité sera nulle, ils fermeront les pistes, répondit-elle. Toi aussi tu es habillée chaudement. Est-ce que tu veux te joindre à moi ?

— Je n'ai jamais fait de ski, avoua Lara. J'ai loué une motoneige pour la journée. Les sentiers semblent superbes, dit-elle.

Les sentiers destinés aux motoneiges s'étendaient tout autour de la station, bien qu'elle n'ait pas l'intention de tous les suivre.

Si Marcus Colter ne vient pas jusqu'à moi, alors j'irai jusqu'à lui.

— Sois prudente. Le blizzard est prévu pour aujourd'hui. Est-ce que tu sais manier une luge en terrain montagneux ? Les sentiers sont assez faciles, mais certaines zones escarpées peuvent être piégeuses, dit-elle.

— Absolument, mentit Lara.

Il lui fallut un instant pour comprendre que la « luge » dont parlait Chloé était en réalité une motoneige. *Est-ce un vocabulaire local ?*

— Ne t'inquiète pas, je serai prudente, ajouta-t-elle pour la rassurer.

— D'accord. Amuse-toi bien, lui dit-elle avec un grand sourire. Reste sur les sentiers d'entraînement et reviens avant la tempête.

Lara n'était même pas au courant qu'une tempête était prévue aujourd'hui. Elle avait été trop occupée à chercher l'emplacement exact de la maison de Marcus Colter. En réalité, la survenue d'une tempête de neige pourrait bien lui être avantageuse. De toute évidence, elle ne pouvait pas entrer sur la propriété de Marcus sans y avoir été invitée. Le manque de visibilité pourrait bien l'amener à s'y perdre de façon accidentelle, n'est-ce pas ? La tempête arrive, les chemins finissent recouverts de neige et elle se retrouve chez Marcus Colter. Juste une touriste tête en l'air qui se perd en montagne.

Parfait.

Lara rendit son sourire à Chloé, puis elle la salua de la main avant de s'éloigner. Elle se dirigea ensuite vers sa motoneige de location, impatiente d'accomplir la mission qui l'avait amenée ici, à Rocky Springs. Lara n'avait pas d'autre choix. Elle serait bientôt à court de temps.

Quelques heures plus tard, Lara était rassurée de constater qu'elle n'avait aucune difficulté à manœuvrer la motoneige. C'est en réalité le manque de connaissance des lieux qui la poussa subitement à la faute. Même si elle n'avançait pas très vite, un pin sembla sortir de nulle part au détour d'une pente et elle percuta le tronc de cet arbre massif.

— Bon sang !

Éjectée de sa motoneige, elle se releva vite sans blessure à déplorer. Elle fut néanmoins agacée de constater que son seul moyen de déplacement était désormais inutilisable. Lors de l'impact, l'un des skis situés à l'avant de la machine s'était rompu. L'accident était survenu à moins de deux kilomètres des pistes, ce qui signifiait qu'elle se trouvait encore à plusieurs kilomètres du domicile de Marcus Colter.

— Merde. Merde. Merde, murmura-t-elle en constatant les dégâts. Il ne me reste plus qu'à marcher.

Le vent s'était levé et la visibilité était de plus en plus mauvaise, raison pour laquelle Lara n'était pas parvenue à éviter l'arbre. La neige tombait désormais lourdement et lui arrivait pratiquement aux genoux maintenant qu'elle était sortie des sentiers battus.

Devrais-je retourner sur les pistes ou continuer jusqu'à la maison de Marcus ?

Elle ôta son casque et fit un pas en direction de la motoneige accidentée. Lara grimaça en sentant une vive douleur au niveau de sa cuisse droite. La chute n'était manifestement pas sans conséquences physiques. Elle se massa vainement le quadriceps pour tenter d'évacuer la douleur. À ce stade, elle savait que sa seule option était de retourner sur les pistes avant que la neige fraîche ne recouvre tout.

Lara fourra sa main sans la poche zippée de son manteau pour en sortir son téléphone portable.

— Bien sûr. Pas de réseau téléphonique ici, marmonna-t-elle tout en remettant le téléphone au sec dans sa poche.

Elle pourrait probablement utiliser son téléphone en se rapprochant de la station. Si l'absence de réseau téléphonique était due à une panne causée par les conditions météo, Lara était dans une très mauvaise situation.

Regrettant de s'être arrêtée au magasin d'équipements sportifs avant son départ, elle boita en direction des pistes destinées aux motoneiges. Elle était équipée d'un bonnet, d'une écharpe ainsi que de gants plus chauds, mais tout cela lui était bien inutile maintenant qu'elle était coincée dans le blizzard. Lara aurait mieux fait de partir immédiatement plutôt que de perdre du temps à acheter ces vêtements et à passer un coup de fil à son patron. L'heure et demie que cela lui avait coûté aurait pu lui être utile face à la progression de la tempête hivernale. Elle aurait probablement eu le temps d'arriver chez Marcus Colter.

Après avoir protégé son visage du froid à l'aide de son écharpe, Lara avança douloureusement en direction des pistes en marquant plusieurs arrêts forcés à cause de sa jambe blessée.

Continue. Ne t'arrête pas.

Il faisait bien trop froid pour ralentir et la visibilité était presque nulle. Les points de repère qu'elle avait mémorisés lors de son trajet à motoneige étaient désormais invisibles. Lara essaya de remettre son casque en espérant y voir plus clair avec la visière pour protéger ses yeux, mais cela fut parfaitement inutile.

Le blizzard lui donnait l'impression d'être enveloppée dans un voile blanc. Elle s'arrêta pour tenter de se repérer. Sans laisser la panique s'emparer d'elle, elle s'appuya contre un arbre et plissa les yeux pour essayer de percer la masse blanche tourbillonnante qui bloquait sa vision. Au même instant, elle crut entendre le vrombissement d'un moteur se mêlant au mugissement du vent.

Mon esprit me joue des tours. Personne ne doit être dans les parages par un temps pareil.

Toutefois, le bruit se fit plus intense et plus proche. Lara agita alors ses bras dans l'espoir d'être vue par quiconque d'assez fou pour être au beau milieu de ce blizzard avec elle. Fort heureusement, sa tenue était en majeure partie noire, ce qui devrait l'aider à se démarquer dans cet environnement immaculé.

Quelqu'un finit enfin par la voir et Lara resta bouche bée lorsqu'une motoneige puissante noire s'arrêta juste à côté d'elle. La personne aux commandes du véhicule était de grande taille. Il s'agissait probablement d'un homme mais elle ne parvenait pas à distinguer son visage. L'inconnu portait un casque ainsi que des lunettes de protection.

— Monte vite derrière moi, Lara. Tout de suite.

Le mystère fut élucidé sitôt qu'elle entendit la voix masculine et colérique de Tate Colter, suffisamment forte pour être entendue par-dessus le bruit du vent.

Lara n'hésita pas à manifester son soulagement en montant à bord de la machine et en passant timidement ses bras autour du corps puissant de Tate. Il l'agaçait, mais à cet instant précis elle était reconnaissante d'être secourue à bord d'un véhicule fonctionnel.

— Accroche-toi, grogna-t-il suffisamment fort pour qu'elle l'entende.

Lara n'eut d'autre choix que de s'agripper à lui. Tate ouvrit les gaz et démarra sur les chapeaux de roues. Sa motoneige était bien plus puissante que celle que Lara avait louée. Elle s'accrocha à lui et sentit sa fréquence cardiaque monter en flèche. Elle se demanda si cet homme souhaitait mourir et s'il voulait l'emmener avec lui. Il fendit le blizzard à une vitesse vertigineuse qui aurait pu être exaltante si Lara n'avait pas si peur.

Comment parvenait-il à voir devant lui ? Elle ne voyait que du blanc tout autour d'elle. Lara se contenta donc de lui faire confiance. Elle baissa la tête pour profiter de la protection que lui offrait le dos de Tate et elle s'agrippa à sa taille en essayant de ne pas gêner sa conduite. Elle essaya de suivre les mouvements de son corps mais il lui était presque impossible de les anticiper. Ses actions étaient rapides et ne lui laissaient pas le temps de réagir.

Au bout de quelques minutes, elle comprit que Tate était habitué à de telles conditions. Sa fréquence cardiaque se stabilisa et sa respiration devint moins difficile.

Si nous ne sommes pas encore morts, c'est que Tate sait ce qu'il fait.

La machine se faufilait entre les arbres et avançait sur le terrain difficile sans incident. Tate effectuait ce trajet comme s'il l'avait déjà fait un million de fois. Lara le prenait pour un fou d'aller si vite par de telles conditions mais il était manifestement à l'aise et semblait connaître la zone par cœur.

Lara frissonnait, son corps gelé par l'intensité du vent glacial.

Elle eut le souffle coupé lorsque les skis de la motoneige quittèrent le sol pour franchir un fossé étroit, mais elle reprit son souffle lorsque la machine atterrit de l'autre côté avec une grâce et une légèreté surprenante. Enfin, ils dévalèrent une pente pour ce qui semblait être la millionième fois, puis Tate tourna à gauche pour emprunter ce qui ressemblait à un chemin. La surface était désormais plate et presque totalement dénuée de neige. Tate profita de cette étendue de terre sans arbres pour accélérer et pousser le moteur à plein régime.

Lara ne vit la maison qu'une fois arrivée devant celle-ci. Tate ralentit et s'arrêta face à la vaste demeure.

— Entre et va te réchauffer. La porte est ouverte. Je vais rentrer la motoneige, dit-il d'une voix puissante et militaire.

Lara ne chercha pas à discuter. Elle descendit de la machine en prenant appui sur les épaules de Tate pour compenser sa jambe affaiblie. Elle boita ensuite jusqu'à la porte d'entrée et vit Tate disparaître dans le blizzard.

Lara tourna la poignée de la jolie porte et celle-ci s'ouvrit immédiatement. Elle posa ses pieds sur le magnifique plancher du hall d'entrée et ôta rapidement ses vêtements de ski. Après avoir rassemblé ses bottes, ses chaussettes, son pantalon, son manteau ainsi que tout son équipement d'hiver imbibé d'eau, elle se dirigea vers ce qu'elle devinait être la cuisine. Elle passa devant un charmant salon au style rustique, décoré avec du matériel de pompiers ancien. Avec ses bras chargés de vêtements mouillés, Lara n'eut pas le temps d'admirer la cuisine, qui semblait néanmoins être le rêve de tout cuisinier. C'est avec soulagement qu'elle trouva la buanderie, pièce attenante à la cuisine. Elle suspendit ses vêtements humides aux crochets prévus à cet effet, puis elle retourna dans la cuisine à la recherche d'un torchon. Lara ne voulait pas répandre de l'eau dans cet intérieur aussi propre que magnifique. S'il s'agissait d'une construction en bois, la maison s'apparentait davantage à un manoir qu'à une cabane dans la forêt. Tout était fait sur mesure et chaque poutre était ornée de finitions luxueuses. Les artisans qui avaient bâti cette maison étaient parvenus à la rendre à la fois rustique et élégante.

Craignant que l'eau n'endommage le parquet, Lara essuya les flaques qu'elle avait laissées près de la porte. Au même instant, Tate entra.

— Mais qu'est-ce que tu fais ? demanda-t-il d'une voix grave et tintée de colère.

— J'essuie l'eau que j'ai laissée par terre en entrant. Mes vêtements étaient trempés.

— Ce n'est pas grave, laisse ça tranquille.

Lara termina rapidement le travail. En se redressant, elle tressaillit de douleur.

— Tu t'es blessée ? demanda-t-il d'une voix désormais colorée d'une inquiétude bienveillante.

— Tout va bien. Mais j'ai heurté un arbre avec la motoneige de la station. J'ai cassé un des skis de direction. Je suis désolée, expliqua-t-elle en se dirigeant vers la buanderie pour y déposer le torchon mouillé.

— Je t'ai dit de laisser ça tranquille, insista-t-il.

Il la débarrassa du torchon et la guida jusqu'au canapé où il lui fit signe de s'asseoir.

— Je vais demander à quelqu'un d'aller récupérer la motoneige sitôt que la météo sera un peu moins hostile. Ce n'est rien de grave.

Lara s'assit et soupira de soulagement en sentant les muscles de sa cuisse se détendre.

Tate alluma la cheminée à gaz, puis il alla dans la cuisine et revint quelques minutes plus tard avec deux tasses de chocolat chaud ainsi qu'une couverture. Il enroula la couverture autour de Lara et lui tendit l'une des tasses fumantes, puis il prit place à l'autre bout du canapé.

— Puis-je me permettre de te demander ce qui t'a poussée à sortir alors qu'une tempête se préparait ? Et de surcroît à quitter les pistes de motoneige ? Le blizzard du Colorado n'est vraiment pas une blague. J'ai parlé à Chloé. Elle m'a dit t'avoir prévenue qu'une tempête allait frapper, grogna Tate.

Il prit une gorgée de sa boisson chaude, ses yeux gris rivés sur elle.

— Je...je me suis...perdue, mentit-elle avec hésitation.

Lara n'avait aucune envie de mentir à l'homme qui avait bravé les éléments pour lui porter secours, mais elle n'avait pas le choix.

— Chloé était-elle inquiète ? C'est elle qui t'a envoyé me chercher ?

Tate hocha la tête et lui lança un regard agacé.

— Je suis désolée. C'était vraiment idiot de ma part.

Tate hocha à nouveau la tête, son regard vif.

Génial. Maintenant il doit penser que je suis une idiote, une blonde trop stupide pour regarder la météo. Et pour être honnête, je ne peux pas lui en vouloir. Mais cela ne me plaît pas.

Étrangement, elle se souciait maintenant de ce que Tate pouvait penser d'elle. Il avait risqué sa vie pour aller la récupérer. Il était en colère, et à juste titre. Son sourire arrogant ainsi que la fossette qui l'accompagnait commençaient à lui manquer. Tate arborait désormais une expression sombre et intense. Lara ne l'avait jamais vu si sérieux et cela la mettait mal à l'aise.

— Pourquoi es-tu sortie ? Que cherchais-tu vraiment, Lara ? Tu es sortie des pistes et j'ai du mal à croire que c'était involontaire, remarqua-t-il en la regardant droit dans les yeux avec une telle intensité que Lara eut l'impression qu'il pouvait lire son âme.

Elle ouvrit la bouche pour lui répondre, mais ne sachant que dire, elle la referma aussitôt.

Je ne veux pas lui mentir.

Lara fut sauvée par le retentissement soudain et inattendu d'un petit jappement. Elle découvrit alors le chiot berger allemand le plus adorable qu'elle avait jamais vu.

Lara ne put s'empêcher de sourire en voyant la petite créature se précipiter vers Tate et se tortiller d'excitation. Il souleva le petit chien avec une douceur qui lui fit fondre le cœur.

— À qui ai-je l'honneur ?

— Je te présente Shep, répondit-il en caressant le chiot.

— C'est le tien ? demanda-t-elle.

—Oui, même si son adoption n'était vraiment pas prévue, grommela-t-il sans cesser de caresser le chiot tremblant de bonheur. Il a été abandonné sur l'autoroute. Probablement un cadeau de Noël destiné à quelqu'un qui ne voulait pas d'un animal capable de détruire son mobilier d'intérieur. Chloé m'a convaincu de le garder. Et je me suis dit que je ne pourrais pas faire pire que son ancien maître, expliqua-t-il avec un haussement d'épaules.

Selon toute vraisemblance, Tate était déjà fou amoureux de cet animal.

— Il a l'air tout juste assez vieux pour être sevré, observa-t-elle d'un air pensif.

— D'après Chloé, il a environ dix à douze semaines.

Le petit berger allemand tomba des cuisses de Tate et se dirigea joyeusement vers elle. Lara le prit sur ses genoux.

— Il est adorable, dit-elle en serrant le chiot contre elle tout en caressant son poil doux. Comment les gens peuvent-ils être si cruels?

Il aurait pu mourir de froid. Il est encore trop petit et faible pour survivre à l'extérieur.

— Il a bel et bien failli mourir de froid. Il était gelé quand je l'ai récupéré. J'étais bien content que Chloé soit là pour prendre soin de lui. Il aurait également pu se faire heurter par une voiture. L'autoroute est très empruntée par les skieurs en hiver.

Il était très difficile de ne pas aimer un homme qui porte secours à un chiot – et à une femme – en détresse. Tate n'était peut-être pas très fier d'elle pour l'instant mais cela ne l'avait pas empêché de la secourir. Lara leva les yeux et lui sourit. Tate lui rendit son sourire tandis que Shep enfonçait ses petites dents et commençait à tirer sur son pull. Elle se mit à rire et ôta délicatement la boule de fourrure noire et marron de son vêtement

— Je crois qu'il aime bien mâchouiller tout ce qu'il trouve.

Il va être sacrément pénible, acquiesça Tate sans paraître découragé.

— Il me rappelle beaucoup Chief quand il était chiot. Je l'ai eu pour mon dixième anniversaire. C'était un berger allemand aussi, d'une couleur très similaire à Shep. Chief m'a tenu compagnie pendant des années, soupira-t-elle.

Bon sang. Encore aujourd'hui, son chien lui manquait.

— Que lui est-il arrivé ? demanda Tate.

La curiosité de Shep fut soudainement attirée par le contenu de la tasse de Lara. Elle se mit à rire de ses bêtises et se souvint à quel point un chiot pouvait être amusant.

— Pas de chocolat, mon petit. Ce n'est pas bon pour toi, dit-elle en tenant sa tasse à moitié vide en hauteur.

Lara regarda Tate et lui répondit avec hésitation.

— J'ai dû le donner. Mes parents sont décédés quand j'avais seize ans. J'ai dû emménager chez ma tante. Mon oncle détestait les chiens, dit-elle.

Elle continua de caresser le chiot sur ses genoux tout en finissant son chocolat chaud avant de déposer doucement la tasse sur un dessous de verre posé sur la table basse. Son oncle détestait tout et tout le monde, y compris sa femme.

— Bon sang, Lara. Ton père et ta mère sont décédés en même temps? Que s'est-il passé ?

Encore aujourd'hui, plus de treize ans après cette horrible journée, Lara éprouvait des difficultés à parler de la mort de ses parents.

— Ils ont été assassinés.

— Comment ? demanda Tate d'une voix pleine de tendresse et de compassion.

Lara le regarda dans les yeux et câlina Shep pour se réconforter.

— Ils sont tous les deux morts le 11 septembre 2001, répondit-elle. Elle savait que Tate ferait le lien avec cette date tristement célèbre et qu'elle n'aurait donc rien à dire de plus.

Tate semblait stupéfait.

— Ils sont tous les deux morts lors de l'attaque du World Trade Center ?

Lara hocha lentement la tête, ses yeux emplis de larmes.

— Ils étaient dans la tour sud. Ils n'avaient aucune chance d'en sortir vivants. Mon père était avocat. Il était en déplacement à New York. Ma mère l'a accompagné parce que leur anniversaire de mariage était le 12 septembre. Ils voulaient le célébrer à New York. Ce jour-là, elle était avec lui au World Trade Center. Ce matin-là, ma mère avait dit à ma tante que mon père avait juste besoin de passer rapidement au bureau de son client avant de l'emmener bruncher. Ils étaient tout simplement au mauvais endroit au mauvais moment, raconta-t-elle.

Cette pensée tournait en boucle dans son esprit. Son père ne se rendait que très rarement au World Trade Center. Si seulement ses parents y étaient allés la veille. Si seulement son père n'était pas un lève-tôt, peut-être auraient-ils prévu de s'y rendre plus tard dans la journée. Si seulement...

— Je suis tellement désolé, Lara, déclara Tate en s'approchant d'elle pour passer ses bras autour d'elle après avoir déposé Shep au sol.

Il attira son corps dans ses bras et serra délicatement sa tête contre son torse. Lara le laissa faire. Ressentir un contact humain était si bon qu'elle se laissa réconforter, même si elle ne devrait peut-être pas.

— Ils me manquent toujours, dit-elle.

Ce jour fatidique resterait à jamais gravé dans son esprit.

— Je sais. Parfois mon père me manque terriblement, même si j'ai de plus en plus de mal à me souvenir de lui.

— Que lui est-il arrivé ? demanda-t-elle.

Lara savait que le père de Tate était décédé plusieurs années auparavant mais elle n'était jamais parvenue à en connaître la raison.

— Étrangement, il a lui aussi été victime d'un acte terroriste, mais cela ne s'est pas passé aux États-Unis. Lors d'un voyage au Moyen-Orient au milieu des années 90, il s'est retrouvé au mauvais endroit au mauvais moment, tout comme tes parents. Il a été tué dans l'explosion d'une voiture piégée. Ce n'était pas sa voiture. Il était juste à côté du véhicule lorsque la bombe a explosé. Les terroristes en ont revendiqué la responsabilité, heureux d'avoir fait une victime américaine, grogna Tate.

Surprise, Lara écarquilla les yeux. C'était déjà une coïncidence incroyable qu'ils aient tous deux perdus quelqu'un qui leur était cher dans une attaque terroriste. Mais le fait qu'il soit arrivé quelque chose de similaire à *Marcus* était encore plus étrange.

Son esprit tourbillonna tandis qu'elle essayait d'assimiler toutes les conséquences de ce que Tate venait de lui dire. À en juger par la douleur dans le ton de sa voix, Lara comprit que Tate pleurait encore aujourd'hui la mort de son père. En était-il de même pour Marcus ? Si tel était le cas, alors tout cela était encore plus étrange et déroutant que Tate ne pouvait l'imaginer.

Elle s'accrocha à lui et enroula ses bras autour de son cou. Lara se sentait nauséeuse à la perspective que cet homme aussi arrogant qu'adorable puisse être encore plus dévasté en découvrant la vérité.

Plus rien ne surprenait Tate Colter, mais il se sentait toutefois déstabilisé par le fait que Lara ait perdu ses parents dans la plus grande attaque terroriste de l'histoire des États-Unis. Sa propre famille avait été déchirée par la disparition de son père. Il ne parvenait même pas à imaginer l'enfer que Lara avait dû traverser après avoir perdu ses deux parents. Pendant des années, la famille de Tate avait pleuré la mort de son père, mais ils avaient encore sa mère pour garder les pieds sur terre. Elle avait tout fait pour que leur vie demeure aussi normale que possible. Lara avait perdu les deux personnes les plus importantes de sa vie dans une catastrophe ayant secoué tout le pays. En plus de perdre ses parents, Lara avait perdu tout ce qui structurait sa vie.

— Bon Dieu, murmura-t-il.

Cela ne figurait pas dans les informations qu'il avait recueillies à son sujet. Tate ne s'était pas intéressé à ses parents. Il cherchait simplement des informations concernant sa vie actuelle et les raisons de sa présence à Rocky Springs.

Lara voulut retourner à la station, mais Tate refusa. Bien sûr, il pourrait s'y rendre s'il le souhaitait, bien que les routes soient techniquement impraticables tant qu'elles n'étaient pas déneigées.

Il était tombé plus de trente centimètres de neige en peu de temps, et même davantage dans certaines zones à cause des vents violents. Et la neige tombait encore.

Tate avait donc informé Lara qu'ils étaient bloqués ici jusqu'à ce que les routes soient déneigées et qu'ils puissent regagner la station en toute sécurité après la tempête.

Il se garda bien de lui dire que son garage abritait une Jeep équipée d'un énorme chasse-neige.

Au départ, ses intentions étaient claires : il voulait la mettre dans son lit pour apaiser son désir sans cesse croissant de coucher avec elle. Après quoi il pourrait paisiblement s'intéresser à ses secrets.

Mais maintenant, Tate ne savait plus quel était son objectif. Il avait toujours autant envie d'elle. Il la désirait comme il n'avait jamais désiré aucune autre femme. Tout ce qui caractérisait Lara le rendait fou et son désir tournait peu à peu à l'obsession.

L'amour de Lara pour la nourriture n'étant plus à prouver, elle avait cuisiné un dîner copieux pour eux deux. Après le repas, Tate lui avait montré son bassin d'eau chaude naturelle. Les muscles de sa cuisse étant encore douloureux, il lui avait proposé de s'y plonger. Tate regrettait néanmoins de ne pas s'être joint à elle.

Elle aurait refusé.

— Et merde ! grommela-t-il.

Il accrocha une laisse au collier de Shep et sortit. Le regard du petit chiot lui rappelait celui de Lara. Actuellement, à peu près tout ce qui l'entourait lui rappelait Lara. Tate s'accroupit et caressa le chien.

— Ne me regarde pas avec ces yeux de chien battu, je ne vais nulle part. Je voudrais juste que tu évites de faire tes besoins dans la maison, dit-il.

Tate savait que le chiot craignait toujours d'être abandonné, mais il n'avait aucune intention de s'en séparer. Quand il décidait de prendre une responsabilité, il la prenait très au sérieux. Quel genre de salaud était capable de jeter un petit animal sans défense au bord d'une route dangereuse ?

Les lumières à détection de mouvements situées sur la façade de la maison s'allumèrent, mais celles-ci étaient pratiquement inutiles.

Le blizzard faisait toujours rage et la visibilité était très mauvaise. Il guida le chiot vers la lisière de la forêt. Tate était sorti sans veste dans l'espoir de parvenir à rafraîchir son corps en ébullition et de se débarrasser de l'érection qui se dressait de façon incontrôlable chaque fois qu'il voyait ou pensait à Lara.

Shep vida sa vessie, mais Tate était frigorifié et son érection était toujours aussi vigoureuse. Il ne parvenait plus à arrêter d'imaginer Lara se prélassant entièrement nue dans son bassin d'eau chaude, si proche de lui qu'il pouvait presque la toucher.

— Rentrons mon bébé, dit-il à son chiot.

Tate était en colère contre lui-même de laisser une femme le déstabiliser de la sorte. Shep courut joyeusement devant lui, désireux de retrouver la chaleur de la maison.

Une fois devant la porte d'entrée, Tate retira ses bottes alourdies par la neige. Il entra et débarrassa Shep de sa laisse qu'il suspendit à un crochet situé à côté de la porte. Tate se baissa pour caresser l'animal.

— Bon garçon, dit-il.

Tate n'avait que peu de connaissances en matière d'éducation canine, mais il espérait qu'un peu de tendresse suffirait à ce que Shep ne fasse pas ses besoins à l'intérieur.

Tate erra dans la maison et s'arrêta devant la porte menant au bassin d'eau chaude. Lara s'y trouvait-elle encore ? C'est en tout cas ce que son imagination hyperactive le poussait à se demander.

Tate n'avait pas vu Lara depuis l'heure du dîner - cela faisait donc un long moment.

— Lara, dit-il à travers la porte sans s'attendre à ce qu'elle l'entende. Ils étaient séparés par une porte coulissante ainsi que par la distance d'un chemin pavé menant au bassin couvert. Tate tourna la poignée et poussa la porte. Celle-ci s'ouvrit.

Elle ne l'a pas verrouillée.

Se sentant à la fois coupable et ravi qu'elle lui fasse suffisamment confiance pour ne pas fermer la porte à clé, Tate franchit silencieusement la porte et emprunta le chemin menant au bassin. À quelques mètres de son but, il retint son souffle.

Son regard tomba immédiatement sur elle : Lara était adossée au mur, assise sur l'une des plateformes en pierre du bassin, ses yeux fermés.

Elle dort.

Tate reprit son souffle et regarda la pile de vêtements posés à côté du bassin. *Elle est nue.* Sans réflexion ni hésitation, il se déshabilla en vitesse et glissa son corps dénudé dans l'eau. Il ne pouvait pas la laisser seule et endormie dans un bassin rempli d'eau et il ne voulait pas lui faire peur en faisant du bruit. Si Tate voulait être honnête avec lui-même, il admettrait probablement qu'il voulait surtout se rapprocher d'elle, mais l'heure n'était pas à l'introspection. Il ne parvenait plus à détacher son regard de sa silhouette endormie. Le renflement de ses seins parfaits ressortait légèrement à la surface de l'eau.

Elle est parfaite.

Avec la plus grande des délicatesses, Tate écarta de son visage une mèche de ses cheveux humides, puis il examina ses traits. Dans son sommeil, son visage était doux et innocent. Incapable de s'en empêcher, il glissa ensuite son doigt sur ses lèvres pulpeuses puis sur la peau douce de sa joue.

Tate avait connu de nombreuses femmes au cours de sa vie. Aucune de ces relations n'avait été très intense. D'autant plus que celles-ci se terminaient rapidement en raison de son ancienne carrière dans les forces spéciales. Après son accident, Tate avait quelque peu cessé de s'intéresser aux femmes, ce qui était compréhensible. À vrai dire, il se rendait compte aujourd'hui que son ennui avait commencé avant même sa blessure. Sa rencontre avec Lara venait néanmoins d'y mettre un terme. Il avait l'impression que sa libido était passée de zéro à plein régime en quelques secondes. Pourquoi diable était-il si attiré par *cette* femme en particulier ? Une femme qui pouvait lui botter les fesses et qui n'avait probablement pas besoin de s'embarrasser d'un homme doté d'un instinct protecteur surdéveloppé.

Tate pouvait ressentir la douleur dont elle avait souffert en perdant ses parents et il voulait également assassiner l'homme qui l'avait trompée. Lara se montrait forte. Elle était certainement bien plus forte que lui. Mais cette rudesse abritait une douceur qu'il souhaitait atteindre et qu'il avait besoin de toucher. Sa personnalité inflexible lui plaisait, mais il voulait qu'elle s'abandonne à lui et rien qu'à lui.

— Réveille-toi, ma belle, murmura-t-il près de son oreille.

Elle ajusta sa position et enroula ses bras autour de son cou.

— Tate, dit-elle doucement.

Le simple fait de l'entendre prononcer son prénom le fit pratiquement chavirer. Sa douce capitulation lui donna l'érection la plus vigoureuse de sa vie.

— Réveille-toi, bébé, dit-il.

Tate ne voulait pas profiter de sa somnolence. Il avait très envie de goûter à ses lèvres, mais sa conscience l'en empêchait.

— Je suis réveillée maintenant, murmura-t-elle sensuellement avant d'attirer les lèvres de Tate contre les siennes.

Tate venait d'atteindre sa limite. Son désir régnait désormais en maître.

Il captura ses lèvres comme un homme affamé attaquerait un festin. Il perdit la bataille contre sa conscience tandis que son corps et son esprit perfides célébraient la victoire.

Le cerveau somnolent de Lara savait précisément qui l'embrassait et elle s'ouvrit à lui comme une fleur sous la lumière du soleil. Tate conquit sa bouche comme s'il souhaitait en faire sa propriété. Contre ses lèvres, Lara gémit. Elle venait de perdre cette bataille et savourait sa défaite, autorisant alors cet homme à réveiller ce qu'il y avait de plus féminin chez elle. Tate dicta les règles qu'elle suivit avec joie, enivrée de ne pas avoir à réfléchir, mais simplement à répondre. Malgré la domination de Tate, Lara ne s'était jamais sentie autant en sécurité, autant désirée.

Il ôta enfin sa bouche de la sienne afin de la soulever dans ses bras. Tout en la portant, il sortit du bassin et retourna dans la maison. Dans la salle de bain attenante à la grande chambre, il la déposa délicatement au sol et ouvrit rapidement le robinet d'eau dans la cabine de douche.

— Nous devons nous rincer, dit-il d'une voix rauque.

L'eau qui couvrait leur peau était en effet chargée en minéraux et c'est bien volontiers qu'elle entra dans la cabine de douche. Elle se positionna sous le jet et laissa l'eau chaude ruisseler sur son corps détendu.

Tate se positionna derrière elle et fit couler du shampoing sur sa tête avant de lui masser le cuir chevelu.

Oh, mon Dieu, c'est si bon.

Lara s'adossa contre son torse sculpté sans vraiment se demander pourquoi elle lui faisait entièrement confiance. Elle se sentait tout simplement bien avec lui. Peut-être devrait-elle se sentir mal à l'aise d'être appuyée contre un homme nu sous la douche, un homme qu'elle connaissait à peine. Mais cette proximité et cette intimité physique lui donnaient envie d'une connexion encore plus profonde avec Tate. Lara n'avait jamais ressenti rien de tel auparavant.

— Est-ce que ça va ? demanda-t-il contre son oreille.

— Ou...oui. Je suis désolée de m'être endormie.

— Ne sois pas désolée, Lara. J'étais là. Tu savais que tu étais en sécurité, lui dit-il d'une voix basse et sexy. Comment va ta jambe ?

Lara ne répondit pas immédiatement. Elle le laissa d'abord rincer ses cheveux avec une grande délicatesse.

— Bien mieux, lui dit-elle d'une voix tremblante.

Les eaux chaudes du bassin avaient détendu les muscles de sa cuisse et la douleur était désormais presque inexistante. Tate changea doucement de position pour rincer ses propres cheveux.

Il s'affaira ensuite à lui savonner le corps, en commençant d'abord par ses épaules avant de passer à son dos.

— Tu es si belle, Lara, dit-il d'une voix rauque.

Lara frémit en sentant ses mains douces glisser sur son ventre et remonter sur sa poitrine.

— Tate, murmura-t-elle en appuyant sa tête contre son torse.

— C'est ça, bébé. Continue à dire mon nom. Je veux que tu saches qui te donne du plaisir, exigea-t-il tout en glissant ses pouces sur ses mamelons sensibles.

Lara sentit l'excitation croître dans son bas-ventre. Tate pinça délicatement ses mamelons durcis et embrasa son corps d'un désir irrépressible.

— S'il te plaît, Tate, gémit-elle.

Lara pouvait sentir son érection contre le creux de ses reins.

— J'ai besoin que…J'ai besoin que…

— Je sais de quoi tu as besoin, l'interrompit-il.

Sans hésiter, Tate glissa sa main le long de son ventre jusqu'à atteindre la pilosité soignée de son pubis.

— Tu as besoin d'un orgasme. Et je vais m'en occuper, dit-il.

— Oui, dit-elle dans un soupir de soulagement en sentant les doigts de Tate entre ses cuisses tandis que son autre main jouait avec sa poitrine.

— Bon Dieu. Tu es totalement mouillée, Lara, rien que pour moi, constata-t-il sans parvenir à cacher son émerveillement.

Tate plaça délicatement son doigt à l'entrée de son vagin.

— Est-ce parce que tu veux me sentir en toi ?

— Oh, mon Dieu, oui, répondit-elle.

Lara n'avait jamais eu autant envie d'un homme. Lorsqu'elle était dans le bassin d'eau chaude, c'est précisément de cela qu'elle rêvait avant qu'il ne la réveille. Elle ne savait maintenant plus trop où son rêve s'était achevé et où la réalité avait commencé. Tout ce qu'elle savait, c'est que Tate était sexy, prêt à passer à l'action et qu'elle en avait très envie.

— Prends-moi, Tate. S'il te plaît.

Il pinça ses mamelons un peu plus fort et trouva son clitoris avec sa main opposée. Tate le caressa sans ménagement.

— Sais-tu ce que ça me fait de t'entendre me supplier de te prendre? Cela me donne envie de te donner exactement ce que tu désires.

Lara gémit en sentant son corps musclé et mouillé contre le sien. Elle cambra son dos tandis qu'il caressait son clitoris avec de plus en plus de vigueur.

— Oh, mon Dieu. Je ne vais pas tenir, cria-t-elle.

L'orage qui menaçait en elle semblait sur le point d'éclater.

— Alors, laisse-toi aller, Lara. Jouis pour moi, bébé, ordonna-t-il contre son oreille.

En entendant sa voix rauque pleine de désir suivie de la sensation de sa bouche contre son cou, Lara chavira.

— Tate ! gémit-elle.

Les légères ondulations de son vagin se transformèrent en spasmes puissants. Son orgasme la saisit fermement et refusa de lâcher prise.

— J'ai besoin de te sentir jouir, grogna Tate.

Instinctivement, Lara savait exactement ce qu'il voulait. Elle se retourna, passa ses bras à son cou et bondit pour enrouler ses jambes autour de sa taille.

— Alors, vas-y, haleta-t-elle lourdement. Tout de suite.

— Bon sang. Lara. Je n'avais pas l'intention de…

Sachant que Tate adorait l'entendre le supplier, elle l'interrompit : —Pénètre-moi, Tate. J'ai besoin de sentir ton érection en moi, immédiatement. Plus besoin d'attendre, dit-elle.

Lara voulait qu'il se laisse aller et perdre complètement le contrôle. Elle leva les yeux vers lui. Son regard était intense et son désir manifeste.

— J'ai envie de toi, dit-elle en glissant sa main entre eux pour saisir son érection massive qu'elle guida vers son vagin.

— Oh bon sang, oui. Tu es à moi, grogna-t-il avant de la plaquer contre le mur de la douche pour s'enfouir profondément en elle.

Lara haleta, mais ses yeux ne quittèrent jamais ceux de Tate. Son orgasme s'était achevé et les parois de son vagin étaient désormais parfaitement détendues pour l'accueillir avant de se resserrer autour de sa verge comme un gant. Tate agrippa ses fesses pour la maintenir en place. Lara glissa ses doigts dans ses cheveux mouillés.

— Prends-moi…

— N'insiste pas, Lara, sinon je vais t'en donner plus que tu n'en espères, déclara Tate d'une voix menaçante.

Son regard sauvage ne faisait qu'attiser l'excitation de Lara.

— Prends-moi. S'il te plaît, prends-moi, insista-t-elle délibérément. Elle n'avait pas peur de la férocité de cet homme. Plus excitée que jamais, elle était prête à tester ses limites.

Tate émit un son qui se situait entre un grognement et un gémissement, puis il couvrit sa bouche avec la sienne. Tout en l'embrassant, il se lança dans un coït impitoyable.

La cadence de ses coups de reins était si intense que Lara avait du mal à suivre. Alors, elle se contenta de s'agripper à lui et elle profita de la chevauchée.

Tate ôta sa bouche de la sienne et appuya son front contre les carreaux de la douche. Son torse se gonflait et se dégonflait au rythme de sa respiration chaotique. Son pubis frottait contre son clitoris chaque fois qu'il la pénétrait, la rapprochant peu à peu d'un nouvel orgasme explosif.

— C'est si bon, souffla-t-elle.

— Trop bon, acquiesça Tate en un grognement enivré. Je. Dois. Te. Faire. Jouir. Avant. Moi.

Face à l'intensité sans cesse croissante de ses mouvements, cela ne faisait aucun doute qu'elle ne tarderait pas à jouir. Tate semblait prêt à tout pour y parvenir, mais Lara ne voulait pas qu'il se retienne. Elle ôta une de ses mains de ses cheveux, puis elle la glissa entre leurs corps mouillés pour se caresser le clitoris. En un rien de temps, elle se sentit partir. Les parois de son vagin se resserrèrent autour de sa verge en mouvement.

— Oh bon sang, bébé, grogna-t-il.

Son corps massif se mit à frémir contre elle.

Lara ne put s'empêcher de hurler lorsque son orgasme traversa son anatomie. Simultanément, Tate trouva sa propre libération. Il s'enfouit profondément en elle une dernière fois avec un grognement tourmenté, le tout en la serrant contre lui.

Tate s'assit sur un rebord en marbre dans la douche spacieuse et serra Lara dans ses bras comme s'il ne voulait plus jamais être séparé d'elle. Il posa sa bouche sur la sienne et l'embrassa tendrement avant de lui rendre ses lèvres et de poser son front contre son épaule.

— Tu as bien failli me tuer, dit-il en essayant de reprendre son souffle.

— Est-ce que tu t'en plains ? le taquina-t-elle, sa respiration tout aussi difficile que celle de Tate.

— Oh que non. Certainement pas, répondit-il.

Tate s'adossa au mur et lui lança un sourire libidineux orné d'une charmante fossette.

Chapitre 5

Le lendemain matin, Lara sortit de l'immense lit – vraisemblablement celui de Tate – et se précipita vers le placard pour trouver de quoi s'habiller. Elle ôta une robe de chambre beige de son cintre, l'enfila et courut jusqu'à la cuisine. Son esprit tourbillonnait de façon incontrôlable.

Mais qu'est-ce qui m'a pris ?

En réalité, elle n'en savait trop rien. Elle n'y avait tout simplement pas réfléchi. Lara s'était contentée d'agir. Elle était somnolente et au beau milieu d'un rêve érotique impliquant Tate quand sa voix avait retenti à côté d'elle. Désireuse que son rêve devienne réalité, elle s'était laissée aller. Et après le premier baiser, elle était condamnée. Tate Colter représentait le fantasme masculin de n'importe quelle femme, y compris pour Lara. Depuis leur première rencontre, elle luttait contre la tentation de l'embrasser. La fossette qui apparaissait sur sa joue chaque fois qu'il souriait était un élément distinctif incroyablement sexy et irrésistible.

Lara sourit en regardant Shep. La petite boule de poils s'agitait à ses pieds.

— Tu as besoin de faire pipi, hein ? dit-elle au chiot.

Elle regarda autour d'elle et fut étonnée de ne trouver aucune flaque d'urine sur le sol.

— Je vais le sortir, dit Tate d'une voix sensuelle et ensommeillée derrière Lara.

Surprise par sa présence, Lara se tourna rapidement vers lui. Le regard de Tate était posé sur la robe de chambre en soie qui épousait les formes de son corps.

— Je l'ai empruntée. Désolée.

— Nul besoin d'être désolée. Je n'utilise jamais cette robe de chambre et elle te va à ravir, dit-il en esquissant son sourire à tomber par terre.

Tate était déjà vêtu d'un jean ainsi que d'un pull, mais il était pieds nus.

— Allons-y, mon bébé, avant que tu ne te soulages sur le sol, dit Tate. Il ouvrit la porte d'entrée et s'affaira à enfiler ses bottes.

Sans pouvoir l'en empêcher, le petit corps de Shep fonça à l'extérieur.

— Oh, non, fit Lara.

— Il n'ira pas bien loin. Je crois que ça commençait à presser, supposa Tate d'un ton amusé.

— Il fait un froid glacial, dit-elle en resserrant la robe de chambre autour de son corps. Elle s'appuya contre le montant de la porte et observa le chiot qui se dirigeait vers la lisière de la forêt.

— Tu ne veux pas prendre une veste ? demanda-t-elle.

— Est-ce que tu t'inquiètes pour moi ? dit-il tout en se redressant après avoir enfilé ses bottes.

L'idée qu'elle puisse s'inquiéter à son sujet semblait lui plaire. Il s'approcha d'elle et la prit au piège contre le montant de la porte, une main posée sur le mur extérieur, sa main opposée contre le mur intérieur.

— Je me suis réveillé avec une érection à la vue de tes jolies fesses nues. Je crois qu'un peu d'air frais me fera le plus grand bien, dit-il. Son regard caressa son visage comme s'il y cherchait quelque chose.

— D'accord, balbutia-t-elle en rougissant comme une adolescente. *Bon sang.* Tate Colter avait un don pour la paralyser.

Tate laissa tomber ses bras le long de son corps, puis il se tourna pour suivre Shep. Lara inspira profondément.

Ressaisis-toi, Lara. Tu t'es déjà mise dans une situation suffisamment difficile avec ce qui s'est passé la nuit dernière. Tu dois te reprendre. Tu as une mission à accomplir et coucher avec Tate Colter ne va t'attirer que des ennuis.

Peu fière d'elle, Lara ferma la porte. Au même instant, elle perçut un mouvement soudain du coin des yeux. Elle rouvrit la porte, cette fois sans trop se soucier du vent glacial. Lara plissa les yeux et prit conscience qu'un énorme coyote s'approchait lentement de la petite boule de poil sans défense nommée Shep.

— Tate ! cria-t-elle en veillant à manifester son inquiétude.

Le Coyote se rapprochait de Shep, une dizaine de mètres seulement les séparaient désormais.

— Je le vois, répondit Tate, les yeux fixés sur le prédateur.

Il se pencha et enfouit sa main dans la neige pour en sortir une pierre ainsi que plusieurs bâtons qu'il lança avec précision en direction du coyote affamé. L'animal glapit en recevant la pierre, mais il n'essaya pas de s'enfuir comme le ferait habituellement un coyote face à un humain. Tate cria sur l'animal sauvage et continua de lui lancer tout ce qui lui tombait sous la main. En guise de réponse, le coyote poussa un grognement menaçant.

Malgré la distance, Lara pouvait voir les côtes du coyote qui était manifestement suffisamment amaigri et affamé pour se nourrir de ce qu'il trouverait.

— Il est hors de question que ce petit chiot innocent soit ton petit déjeuner, murmura-t-elle avec colère.

Lara se précipita à l'intérieur en direction de la chambre où elle avait laissé ses vêtements la nuit précédente, puis elle réapparut à la porte d'entrée restée ouverte quelques secondes plus tard.

Elle sortit juste à temps pour voir Tate bondir sur Shep avant que le coyote ne tente de le tuer. Il courut ensuite en direction de la maison avec son animal de compagnie dans les bras. Ne reculant devant rien, le coyote les poursuivit avec un grognement de colère.

N'ayant plus d'autre choix, Lara mit le coyote en joue et abattit le prédateur d'une balle entre les yeux.

Lentement, elle abaissa ses bras, son pistolet Glock 23 au poing. Le coyote voulait manifestement dévorer le chiot. Et même s'ils s'attaquaient rarement aux humains, Tate aurait pu être blessé ou même tué. Elle ne pouvait pas laisser cela arriver.

Lara devait maintenant trouver très rapidement une excuse valable pour expliquer le fait qu'elle était armée.

— C'était un sacré tir, dit Tate en arrivant devant la maison.

Shep gémissait dans ses bras. Il le déposa devant la porte ouverte et Shep se précipita joyeusement à l'intérieur.

— Je ne sais pas trop si c'est le coyote ou bien le coup de feu qui lui a fait si peur, remarqua Tate d'une voix traînante en regardant Shep courir se mettre à l'abri dans la maison.

Le petit chien semblait avoir déjà oublié qu'il aurait pu être blessé.

— Je suis désolée. Je n'avais pas le choix. Le coyote te suivait et tu n'aurais pas eu le temps de regagner la maison, se justifia-t-elle d'un ton défensif.

Tate se dirigea vers l'animal mort, puis il revint vers Lara qu'il poussa à entrer dans la maison.

— Tu n'as pas de chaussures. Retourne à l'intérieur.

Elle s'exécuta et, une fois à l'intérieur, elle posa délicatement son Glock sur une étagère située en hauteur dans la cuisine afin que Shep ne puisse pas s'en approcher.

— Je n'avais vraiment pas d'autre choix, répéta-t-elle à Tate en sentant sa présence derrière elle.

— Hey, je n'ai pas dit le contraire. Ta réactivité et ta précision m'ont probablement épargné quelques blessures et sauvé la vie de Shep, dit-il en posant ses mains sur les épaules de Lara. . . Les coyotes se montrent de plus en plus audacieux. Je ne sais pas s'il était enragé, mais il était certainement affamé. Les touristes sont parfois tentés de les nourrir, ce qui les rend moins craintifs des humains. Ils sont de plus en plus habitués à être en contact avec nous. Il voulait vraiment dévorer Shep. Je ne t'en veux pas du tout. Bien au contraire.

— Ah oui ? demanda-t-elle d'un air surpris.

Il acquiesça d'un hochement de tête.

— Tu es une sacrée tireuse. Et tu es armée. Pourquoi ?

Voici la question que Lara redoutait.

— Parce que je...je suis..., bégaya-t-elle.

Tata couvrit ses lèvres avec son index.

— Ne me mens pas. Je sais que tu en as envie, ou que tu juges que c'est nécessaire. Mais tu peux me dire la vérité, dit-il.

Après un bref instant de silence, il fronça les sourcils et la regarda attentivement.

— Je sais que tu travailles pour le FBI, Lara Bailey. Tu fais partie de la cellule antiterroriste, ce qui me paraît parfaitement logique maintenant que je sais ce qui est arrivé à tes parents. Je ne cherche pas à savoir *qui* tu es, Lara. Je cherche à savoir ce que tu fais *ici*, à Rocky Springs dans le Colorado.

Lara recula jusqu'à ce que les mains de Tate tombent de ses épaules. Elle était complètement sous le choc que son statut d'agent ait été découvert si facilement.

— Comment l'as-tu su ? demanda-t-elle.

Elle n'essaya pas de le nier, cela ne serait d'aucune utilité.

— J'ai des relations que tu n'imagines même pas. Il m'a suffi de passer un coup de fil. Néanmoins, je ne suis pas parvenu à en savoir davantage sur ta mission. Tu n'es clairement pas ici en vacances. Tu es ici pour une raison bien spécifique.

Lara croisa les bras.

— Et qu'est-ce qui te fait dire ça ? Mon métier est stressant. Des vacances pourraient me faire le plus grand bien, se défendit-elle.

Lara n'avait en réalité jamais pris de vacances de sa vie. Elle inspira profondément avant de poursuivre :

— Et comment est-il possible que tu en saches autant sur moi si facilement ? Je sais que tu faisais partie des Navy Seals, mais ce n'était pas dans ton dossier militaire. Pourquoi ? Et comment se fait-il que tu aies encore aujourd'hui un réseau si puissant ?

À son tour, Tate croisa les bras devant lui pour imiter Lara.

— Peut-être que je n'étais pas un Navy Seal, suggéra-t-il calmement. Si cela n'apparaît pas dans mon dossier, c'est que ce n'est jamais arrivé.

— N'importe quoi, dit-elle avec un regard noir. Tu as mené ta formation à bien pour intégrer les Navy Seals. Après cela, c'est comme si tu avais disparu. Ton dossier indique simplement que tu étais un agent des forces spéciales présentant des états de service exemplaires. Tu as pris ta retraite à cause d'une blessure subie dans l'exercice de tes fonctions, lors d'une mission hautement confidentielle. Quel genre de mission peut être aussi secrète ?

— Le genre qui n'existe même pas pour le gouvernement, expliqua-t-il. Et je n'ai jamais prétendu être un Navy Seal. J'admets cependant que je n'ai jamais contredit personne qui le supposait. Je n'avais pas le choix.

Lara resta bouche bée.

— Tu étais dans une équipe top-secrète des forces spéciales ? Ils t'ont recruté chez les Navy Seals, n'est-ce pas ?

Lara avait déjà entendu des rumeurs au sujet d'une équipe d'intervention qui n'était connue de presque personne, pas même de la haute hiérarchie du FBI. Mais elle n'y avait jamais vraiment cru. Tout ce qu'elle avait trouvé à propos de sa carrière militaire lui semblait logique, sauf cela. S'il avait poursuivi sa carrière en tant que Navy Seal, cela apparaîtrait sur son CV. Les Seals étaient bien connus du FBI. Aucune des forces spéciales n'était secrète pour le FBI. La seule réponse possible à ce mystère était donc l'existence d'une équipe secrète, une équipe connue de personne, sauf au sommet de la chaîne alimentaire gouvernementale. Lara n'avait jamais vu un dossier militaire comme celui de Tate, mais tout lui paraissait désormais parfaitement logique.

Elle haussa les sourcils face à son absence de réponse et Tate se contenta d'un haussement d'épaules.

— Je préférerais en savoir davantage à votre sujet, agent spécial Bailey. Et plus particulièrement, que diable faites-vous ici ? Et n'essaie pas de me faire gober cette histoire de vacances. Je n'y crois pas du tout. Je ne comprends vraiment pas ce que tu viens faire ici alors que tu es un agent antiterroriste. Un terroriste se cacherait-il à Rocky Springs ?

— C'est possible, concéda-t-elle.

— Qui ?

— Je ne peux pas te donner cette information, Colter. Tu dois savoir mieux que quiconque qu'il y a certaines choses que je ne peux pas révéler.

Tate s'approcha d'elle et la coinça contre le placard de la cuisine.

— Tu vas avoir du mal à me le cacher. J'ai grandi ici. Je vis ici. Ma carrière me permet d'être dans le secret, tu n'as aucune raison de ne pas me le dire. Nous sommes sur mon territoire. Mon frère est un sénateur, bon sang. Il pourrait être une cible, grogna-t-il.

L'intensité de son regard était terrifiante.

— Ton frère n'est pas une cible, répondit-elle sèchement.

Lara pouvait au moins lui dire cela. Elle ne voulait certainement pas qu'il imagine que son frère Blake était en danger.

— Et si tu n'es plus dans l'armée, alors tu n'es absolument pas habilité à recevoir des informations secrètes.

Tate la regarda droit dans les yeux et lui répondit comme s'il choisissait soigneusement chacun de ses mots :

— Disons simplement que je suis une sorte de consultant.

— Auprès de qui ? demanda-t-elle.

Rien dans son dossier n'indiquait une chose pareille. Cependant, son dossier était des plus étranges. Pour d'obscures raisons, la plupart des informations concernant Tate Colter étaient cachées, enfouies sous une montagne de banalités superficielles.

Il haussa les épaules.

— Est-ce que tu travailles toujours pour l'armée ? Quel genre d'accident as-tu subi ?

Tate la regarda d'un air innocent.

— Je me suis cassé la jambe dans un accident de ski.

Lara roula des yeux.

— Mais bien sûr. L'accident est dans ton dossier, Colter. C'est arrivé pendant que tu étais en service. C'est ce qui t'a poussé à quitter l'armée. Il n'y a cependant aucun détail sur les circonstances de cet accident.

— Personne n'est au courant dans ma famille. Je leur ai dit m'être blessé en skiant à Vail. Pour ma famille, cet accident n'a donc aucun lien avec mon métier. J'ai quitté le Colorado immédiatement après ma première intervention chirurgicale, juste pour m'évader. J'ai trouvé un logement en Floride où j'ai passé un peu de temps avec un ami pour ne plus avoir à mentir à ma famille. Je ne suis revenu qu'une fois complètement guéri.

— Je n'en parlerai à personne.

— J'ai été blessé dans un accident d'hélicoptère. J'étais aux commandes de la machine. Sans cet hélicoptère pour nous échapper, je serais mort. Nous nous en sommes tous sortis indemnes. Mais j'ai dû subir une intervention chirurgicale assez lourde pour reconstruire ma jambe, dit-il lentement, prudemment.

— C'est presque invisible. Tu ne boites pas.

Tate secoua la tête.

— Pourtant, ma jambe n'est vraiment plus la même. Je suis plus lent. Dans l'armée, être lent est synonyme de mort. Avec le risque potentiel de mettre en danger les autres membres de l'équipe.

Bon Dieu. Si Tate Colter se trouvait lent aujourd'hui, il devait être spectaculaire avant son accident.

— Alors tu as démissionné des forces spéciales.

— Je n'avais plus le choix. Je savais très bien que je n'avais plus les capacités physiques requises, expliqua-t-il.

Il semblait avoir du mal à l'admettre.

— Était-ce douloureux ? Était-ce douloureux de reconnaître que tu es humain ? lui demanda-t-elle doucement.

Les membres des forces spéciales étaient souvent, à juste titre, très orgueilleux s'ils n'avaient pas une foi totale en leurs capacités à accomplir n'importe quelle mission, s'ils doutaient d'eux-mêmes, alors leurs vies étaient en péril. De toute évidence, Tate avait un regard honnête sur sa situation, lui permettant ainsi de se retirer. Lara admirait cela.

— Bien sûr que c'est douloureux, grommela-t-il. Mais je ne voulais pas que quelqu'un soit tué en refusant d'admettre que je n'étais plus aussi performant.

Lara doutait qu'il s'agisse d'un simple accident d'hélicoptère, l'appareil ayant probablement été la cible de tirs. Sachant que Tate n'avait évidemment pas envie de revivre cette expérience, elle ne cherha pas à en savoir davantage. Et s'il s'agissait d'une sorte de mission secrète, il n'allait certainement pas en donner les détails à une inconnue, même si Lara faisait partie du FBI.

Nous ne sommes pas vraiment des inconnus. Nous avons eu une relation intime. Ou peut-être ne suis-je que l'aventure d'un soir pour lui.

Tate l'avait traitée comme quelqu'un qui lui était cher, et malgré tous ses efforts, Lara ne parvenait pas à oublier les événements de la nuit précédente. Après avoir pris une douche très spéciale, Tate s'était occupé d'elle comme s'ils se connaissaient depuis toujours. Il lui avait séché et brossé les cheveux, puis il l'avait emmenée au lit avec la plus grande des tendresses. Lara avait trouvé le sommeil sans difficulté contre son corps protecteur.

— Je suis désolée de ne pas te l'avoir dit plus tôt, murmura-t-elle face au bref éclair de vulnérabilité dans son regard.

— Je n'ai eu aucune difficulté à le découvrir. Et je ne t'en veux pas. Tu es un agent du FBI. Ce n'est pas le genre de chose que tu cris sur les toits. Je sais ce que c'est que de devoir cacher certains aspects de sa vie, dit-il.

Tate s'interrompit un instant pour glisser ses doigts dans les cheveux de Lara, puis il la poussa à lever la tête vers lui avant d'ajouter :

— Cela implique une certaine solitude.

Lara acquiesça lentement en le regardant dans les yeux.

— Oui. Je n'ai pas beaucoup de vrais amis. Je vis pour mon métier. Je travaille pratiquement vingt-quatre heures sur vingt-quatre, sept jours sur sept. Cela ne laisse pas beaucoup de place pour de quelconques interactions sociales.

— Et l'ordure qui t'a trompée ?

— C'était il y a deux ans. Lui aussi était un agent du FBI. Dans un autre service, Dieu merci. Je n'avais pas à le voir tous les jours. C'était confortable. Nous avions tous les deux de longues journées. Nous nous retrouvions quand nous le pouvions. Alors que je pensais être dans une relation monogame, ce n'était manifestement pas son cas. C'était douloureux, mais je n'ai pas eu trop de difficulté à m'en remettre, raconta-t-elle.

Lara essaya de baisser les yeux, mais Tate la poussa à continuer de le regarder.

— Qui fréquentes-tu depuis cette aventure ? demanda-t-il avec exigence.

— Personne. Tu es le premier, avoua-t-elle. Je sais que nous n'avons pas utilisé de préservatif la nuit dernière. C'était irresponsable de notre part. Mais je suis en parfaite santé et je prends toujours un contraceptif...

— Je sais que tu es en bonne santé. J'ai eu accès à ton dernier bilan médical. Et je savais également que tu prenais la pilule. C'est dans ton dossier médical.

— Tu as fouillé dans mon dossier médical ? dit-elle avec indignation. Bon sang, que savait-il d'autre à son sujet ?

— Et tu as lu le mien, lui rappela-t-il. C'est donnant donnant. Et au cas où tu n'aurais pas vu mon dernier bilan sanguin, je suis également en bonne santé. J'utilise toujours un préservatif. Et je n'ai fréquenté aucune femme depuis mon accident.

— Pourquoi ? demanda-t-elle avec étonnement.

Lara aurait pourtant cru que les femmes se bousculaient pour avoir une place dans le lit de Tate Colter.

— Parce que personne ne m'intéressait, Lara. Ma jambe n'est pas belle à voir et le désir d'avoir une relation n'était tout simplement pas au rendez-vous, répondit-il sans détour. Avant mon accident, je vivais moi aussi pour mon travail.

— Qu'est-ce qui a changé ? demanda-t-elle avant de retenir son souffle.

Les yeux de Tate sondèrent les siens avec intensité et possessivité.

— Il m'a suffi de te voir pour que ma libido revienne à la vie, dit-il d'un ton bourru. . .

Lara se mit à rire.

— Ce n'est pas drôle, grogna-t-il avec agacement.

— Je ne suis pourtant pas une femme fatale, dit-elle.

Le simple fait d'imaginer qu'elle avait cet effet sur lui lui donnait envie de rire.

— Je mange comme une cochonne. Je n'aime pas les vêtements trop féminins et je prends rarement la peine de me maquiller à moins d'y être obligée. Je ne prends pas soin de mes cheveux et je suis plus à l'aise avec des chaussures plates pour travailler. J'évolue dans un milieu dominé par les hommes, je dois donc me montrer dure. Quand je rencontre un homme, j'ai plus souvent envie de lui botter le cul que de coucher avec lui. Comment peux-tu me trouver sexy ? remarqua-t-elle.

Lara poussa sur son torse et s'éloigna de lui pour mettre une distance de sécurité entre eux.

Tate appuya une hanche contre le plan de travail de la cuisine et lui offrit un grand sourire.

— Il y a quelque chose de très érotique chez une femme qui porte une arme à feu.

— Tu es dérangé, dit-elle avant de couvrir sa bouche pour réprimer un nouveau rire.

Bon sang ! Tate était si sexy qu'elle se surprenait à vouloir lui sauter dessus. Elle ne pouvait pas nier l'attraction qui régnait entre eux. Les étincelles étaient pratiquement visibles et elle avait beaucoup de mal à se retenir de le toucher.

L'une des choses les plus attrayantes chez Tate – et la liste était longue – venait du fait qu'il semblait l'accepter exactement telle qu'elle était. Il la trouvait désirable alors qu'elle ne révélait que rarement son côté féminin. Non seulement Tate était attiré par Lara, mais il semblait aussi apprécier sa personnalité.

Il s'approcha à nouveau d'elle.

— Je t'ai déjà dit qu'il n'y a rien de plus sexy qu'une femme avec de l'appétit.

Lara fit un pas en arrière pour s'éloigner de sa proximité dangereuse.

— Voilà qui me fait penser que je meurs de faim, dit-elle.

En réalité, elle avait l'impression que son cœur faisait un tour de montagnes russes dans sa poitrine. Elle avait le vertige chaque fois qu'il qualifiait de sexy un trait de sa personnalité.

— Je m'apprêtais à préparer le petit déjeuner. Maintenant que la météo le permet, je dois y aller après avoir mangé.

Le visage de Tate devint sombre.

— Tu dois me dire ce qui se passe, Lara. Je peux t'aider. Si tu refuses de me le dire, je te ferai suivre. Alors, autant cracher le morceau. Je sais que tu étais en route pour la propriété de Marcus avant d'accidenter ta motoneige. Avais-tu l'intention de demander sa coopération pour une enquête ?

Le cœur de Lara se serra et elle hésita à répondre. Elle ne *devrait* rien lui dire, mais Tate avait le droit de savoir et il pourrait peut-être bel et bien l'aider. Cependant, elle ne voulait pas le faire souffrir.

— Non. Je n'avais pas l'intention d'obtenir sa coopération, répondit-elle.

Tate lui lança un regard interrogateur.

— Alors que lui voulais-tu ?

Lara soupira.

— Ton frère Marcus est un suspect. Nous avons de très bonnes raisons de croire qu'il joue un rôle déterminant dans l'organisation d'une attaque terroriste à grande échelle. J'ai été envoyé ici pour enquêter sur ton frère aîné, Tate. Je suis désolée.

La réaction de Tate ne fut pas celle que Lara attendait : il éclata de rire.

Chapitre 6

Est-ce que tu te disputais souvent avec papa ? demanda Chloé Colter à sa mère, toutes deux assises à table pour un petit-déjeuner tardif.

Sa mère était arrivée par un vol tôt le matin. Chloé était allée la récupérer à l'aéroport.

Aileen Colter aimait profondément chacun de ses enfants et se souciait de leurs problèmes. Mais aujourd'hui, c'est Chloé qui la préoccupait. Sa seule fille – et son dernier enfant – avait une personnalité joyeuse, un bonheur qui semblait toujours rayonner de son être. Dernièrement, cette lumière radieuse semblait avoir disparu.

— Ça nous arrivait parfois, répondit-elle avec prudence en se demandant pourquoi Chloé lui posait une telle question.

Chloé posa sa fourchette sans avoir touché à sa nourriture, puis elle saisit sa tasse de café.

— Je ne me souviens pas vous avoir un jour entendu vous disputer.

Aileen baissa les yeux sur l'assiette encore pleine de Chloé et fronça les sourcils.

— Qu'est-il arrivé à ton poignet ? demanda-t-elle vivement.

Elle avait remarqué les bleus sur le bras de sa fille lorsque cette dernière avait posé sa fourchette sur la table.

— James a essayé de m'apprendre quelques mouvements d'arts martiaux. Ce n'était pas volontaire, expliqua Chloé.

Ce n'était pas volontaire ? Comment diable a-t-il pu la blesser ainsi en lui apprenant les rudiments d'un sport ? Ce n'était pas des petites marques. L'intégralité de son poignet et de son avant-bras était couverte de bleus très prononcés.

— Ton père et moi étions parfois en désaccord, mais nous nous respections suffisamment pour ne pas crier, répondit-elle.

Son défunt mari, Russell Colter, avait du caractère – tout comme ses garçons – mais il n'avait jamais haussé le ton. Il n'avait jamais eu à le faire. Aileen le comprenait mieux que quiconque et ils étaient toujours parvenus à démêler leurs problèmes dans le calme. Quand la situation devenait difficile, ils veillaient à ne jamais le faire subir à leurs enfants.

— Il avait beaucoup de responsabilités, songea Chloé. Il n'a jamais déversé sa colère sur toi ?

— Jamais, répondit Aileen d'un ton catégorique. Il me parlait de ses problèmes mais il ne m'a jamais reproché quoi que ce soit, ajouta-t-elle.

Elle observa attentivement le visage de sa fille et remarqua les cernes sous ses yeux ainsi que les rides de stress autour de sa bouche.

— Est-ce que tout va bien entre toi et James, ma chérie ?

— Oui. Ça va. Tout va bien, répondit-elle rapidement.

Peut-être trop rapidement.

— Il semble juste préoccupé et stressé par son travail. Et comme je viens de commencer dans le cabinet, j'imagine que nous sommes juste un peu tendus.

Aileen n'avait plus de doute, quelque chose clochait. Elle pouvait le sentir. Sa fille était une adulte de près de trente ans. Elle ne voulait donc pas insister, mais elle avait la ferme intention de garder un œil attentif sur leur relation. Ses instincts de mère se trompaient rarement.

— Tu sais que tu peux tout me dire ?

Chloé lui sourit faiblement.

— Je sais, maman. Merci. Tu m'as manqué pendant ton absence.

Les enfants avaient également manqué à Aileen. Chloé avait passé ces dernières années à être occupée par ses études. Et maintenant, elle était sur le point de se marier et de quitter la maison pour de bon. Fort heureusement, James était un médecin local qui résidait à Rocky Springs, mais elle s'était habituée à ce que Chloé soit de retour à la maison. La voir partir serait donc une épreuve.

J'aimerais pouvoir ignorer ce sentiment tenace et maternel m'indiquant que quelque chose ne va pas avec Chloé. Cela vient peut-être simplement du fait que je n'accepte pas de la voir quitter le cocon familial. James est un médecin, un docteur respecté, et ma fille est désormais vétérinaire. Ils sont au début d'une vie commune merveilleuse.

Malheureusement, Chloé ne semblait pas très heureuse en tant que future mariée et, James, bien que courtois, était peu communicatif. Il était donc difficile d'apprendre à mieux le connaître.

— Vous n'avez pas encore acheté vos alliances ? demanda-t-elle.

Aileen savait que c'était important pour sa fille.

Cela faisait des mois que Chloé les regardait avec envie. Elle savait également que Chloé voulait un enfant. Bien que sa fille ait encore beaucoup de temps devant elle, Aileen se demandait si Chloé ressentait déjà la pression de son horloge biologique. Elle avait parfois l'impression qu'elle voulait un enfant plus qu'elle ne voulait d'un mari.

— Il préfère attendre que nous soyons plus près du mariage.

Une voix masculine fit sursauter Aileen.

— Alors largue cet abruti et épouse-moi à sa place.

Aileen se retourna et sourit, heureuse de voir son fils, Blake, accompagné de son ami, Gabriel Walker, à qui appartenait la voix masculine qui venait de taquiner Chloé.

— Blake ! dit Aileen avec enthousiasme avant de bondir de sa chaise avec l'agilité d'une femme bien plus jeune.

Les fonctions de Blake en tant que sénateur l'avaient retenu à Washington DC pendant bien trop longtemps. Cela faisait des mois qu'il n'était pas revenu à Rocky Springs.

Blake souleva sa mère dans ses bras et tourna sur lui-même.

— Comment va ma maman préférée ? demanda-t-il tout en la serrant contre lui.

Aileen frappa l'épaule de son fils.

— Je suis ta *seule* mère. Maintenant, repose-moi, le gronda-t-elle.

En réalité, elle adorait la manière dont ses enfants manifestaient ouvertement l'affection qu'ils avaient non seulement pour elle, mais aussi les uns pour les autres. Comme tous les frères et sœurs, il leur arrivait de se chamailler, mais ils s'aimaient tous énormément. Aileen se sentait chanceuse d'avoir conçu de tels enfants avec Russell. Elle était fière de chacun d'eux et les aimait de tout son cœur.

Blake la serra une dernière fois dans ses bras, puis la reposa à terre. — Eh bien, même si j'avais cinquante mères, tu serais toujours ma préférée, plaisanta-t-il.

Quel beau parleur !

De tous ses garçons, Blake était le plus charmeur – ce qui était probablement une bonne chose puisqu'il menait une carrière politique. Mais il avait toujours été ainsi. Même lorsqu'il était enfant, il aurait pu charmer un serpent venimeux.

Gabriel offrit ses bras ouverts à Aileen qui n'hésita pas à accepter son étreinte.

— Ça me fait tellement plaisir de te voir, Gabe, dit-elle.

La présence de Gabe Walker était *toujours* agréable. Lui et Blake étaient amis depuis leur adolescence. Gabe habitait désormais à Rocky Springs. Il possédait un centre équestre très lucratif situé juste à côté de l'exploitation bovine de Blake qui s'étendait bien au-delà des limites de la ville de Rocky Springs. Russell et le père de Gabe étaient de bons amis. Aileen était également amie avec sa mère. Elle avait donc beaucoup souffert pour lui après le décès de sa mère, puis de son père. Depuis, elle le considérait presque comme un fils. Il devait se sentir seul dans la grande demeure qu'il avait bâtie sur la propriété équestre, mais il n'en parlait jamais.

Gabe était visiblement au courant de l'arrivée de Blake. À vrai dire, c'était probablement lui qui était allé le chercher à l'aéroport avant de l'accompagner jusqu'ici pour le petit déjeuner.

Après avoir quitté les bras de Gabe, Aileen se tourna vers sa fille, qui s'était elle aussi levée pour se jeter sur son frère. Il était pratiquement en train d'étouffer sa petite sœur tant il la serrait fort.

Sur le ton de la plaisanterie, Aileen commenta :

— Tu viens de recevoir une nouvelle demande en mariage, ma chérie. Ne vas-tu pas répondre à Gabe ?

— Non, répondit Chloé avec agacement tout en foudroyant Gabe du regard. Je suis déjà fiancée.

Aileen dut se mordre les lèvres pour réprimer un sourire. Les petits affrontements entre Gabe et Chloé ne cesseraient jamais de l'amuser. Toutefois, elle regrettait secrètement que Chloé n'épouse pas véritablement un homme comme lui. Gabe était vraisemblablement fou de Chloé, mais ce n'était pas le cas de sa fille. Étrangement, Chloé cherchait toujours à l'éviter.

Gabe croisa le regard de Chloé et lui fit un clin d'œil.

— Je sais très bien que tu attends de trouver mieux.

— Alors je vais devoir attendre une éternité, lui dit Chloé d'une voix presque hostile avec un faux sourire.

— Fort heureusement, je vais épouser l'homme de mes rêves dans quelques mois, ajouta-t-elle.

— Si tu étais ma fiancée, j'aurais déjà passé une bague à ton doigt, dit-il avec de la légèreté dans la voix mais de l'intensité dans les yeux.

— Alors c'est une bonne chose que je ne sois pas ta fiancée, répondit-elle sèchement.

Blake s'adressa enfin aux autres afin de dissiper la tension qui régnait dans la pièce.

— Où est tout le monde ?

— Zane est à Denver, il travaille sur un projet. Marcus devait rentrer chez lui hier mais il a été retardé par la tempête. Il devrait arriver aujourd'hui. Et Tate est chez lui, répondit Aileen.

Elle fit ensuite signe à tout le monde de s'asseoir, puis elle partit préparer le petit-déjeuner pour les deux hommes. Le fait que Chloé se soit empressée d'abaisser les manches de sa chemise sur ses poignets meurtris ne lui avait pas échappé.

— Je crois bien que Tate a un faible pour une femme qui séjourne à la station. Je suis allée voir si Lara était à la salle de sport ce matin mais elle n'y était pas. Elle s'est probablement retrouvée coincée avec Tate, dit Chloé en s'adressant à Blake avec enthousiasme.

Il était assis à sa droite, Gabe à sa gauche, mais elle ignora complètement ce dernier.

Blake écarquilla les yeux.

— Oh ? Et qui est cette femme mystérieuse et pourquoi serait-elle coincée avec mon petit frère ?

Chloé lui raconta alors ce qu'elle savait de Lara, sans oublier de préciser qu'elle n'était pas revenue de sa balade en motoneige hier avant la tempête. Elle lui expliqua ensuite que Tate était parti à sa recherche.

— Il m'a envoyé un message pour me dire qu'il l'avait retrouvée et qu'elle était en sécurité, mais elle n'est tout de même pas revenue à la station la nuit dernière. J'imagine donc qu'elle est avec lui. Je l'aime bien. Elle a botté les fesses de James au judo.

— Monsieur Ceinture Noire ? intervint Gabe avec sarcasme.

Sans le regarder, Chloé répondit défensivement :

— James est très doué, mais Lara est incroyable. Elle m'a proposé de m'apprendre quelques mouvements d'autodéfense.

— Alors tu penses que cette Lara est toujours chez lui ? demanda Blake.

— Si elle n'est pas chez Tate, je ne vois pas où elle pourrait être. C'était probablement plus rapide d'aller chez lui que de retourner à la station. Le blizzard était sacrément intense hier, répondit-elle à son frère.

— Mais Tate a une Jeep chasse-neige. Il n'aurait eu aucune difficulté à la ramener à la station, lui rappela-t-il avec un grand sourire.

Aileen posa une grande assiette remplie d'œufs, de bacon et de pain grillé devant Blake et Gabe.

— Mangez. Et arrêtez de vous moquer de votre frère juste parce qu'une femme lui plaît. Il a passé une année difficile. Et je ne me plaindrais pas si un de mes garçons pensait enfin à se marier pour me donner des petits-enfants.

Aileen était déjà ravie que Tate ait quitté les forces spéciales. Elle n'en pouvait plus de s'inquiéter pour son plus jeune fils qui mettait quotidiennement sa vie en danger. Toutefois, elle savait que ce métier lui manquait et qu'il ne savait trop que faire de lui-même. Une rencontre avec une femme bien pourrait contribuer à lui rendre son bonheur.

Tate s'était remis de la blessure qui l'avait poussé à quitter l'armée. Une blessure qu'il prétendait avoir subie en faisant du ski pendant son temps libre. Pensait-il vraiment que sa mère allait avaler un tel mensonge ? Aileen savait bien qu'il essayait de lui épargner davantage d'inquiétude, mais cette histoire à dormir debout n'était pas crédible. Une mère sait ce genre de chose.

— Maman, je suis un sénateur. Crois-tu vraiment que je serais assez immature pour me moquer de Tate à propos d'une femme ? protesta Blake avant d'attaquer son petit déjeuner.

— Oui

— Oui.

Chloé et Gabe répondirent en même temps de façon catégorique.

Aileen s'assit à table avec son café, satisfaite de voir Gabe et Chloé se regarder avec surprise et échanger un petit sourire sincère pour la toute première fois.

Lara détestait mettre des vêtements sales, mais elle se dit qu'elle pourrait se changer à son retour à la station. Une fois habillée, elle ajusta son Glock 23 dans son dos qu'elle dissimula sous son pull.

— Qu'est-ce que tu fais ? demanda Tate en entrant dans la chambre.

— Je me prépare à partir, lui dit-elle sèchement.

Tate n'avait pas arrêté de rire depuis qu'elle lui avait révélé mener une enquête sur Marcus. Il avait désormais cessé de rire, Lara en conclut donc qu'il s'était remis de ses émotions. Après avoir regardé Tate s'esclaffer pendant cinq minutes, elle l'avait tout simplement laissé seul dans la cuisine pour aller se préparer.

— Tu te prépares à aller enquêter sur un homme innocent ? demanda Tate avec un soupçon d'humour.

Elle se tourna vers lui et croisa les bras.

— Je suis fatiguée, affamée et armée. Ne me cherche pas, Colter.

— Bon sang, tu es sacrément sexy quand tu es en colère, dit-il avec un regard amoureux.

— N'y pense même pas, dit-il en tendant défensivement les bras devant elle tandis que Tate s'approchait.

Lara le contourna et retourna dans la cuisine. Il n'hésita pas à la suivre.

— J'ai un travail à faire et je n'apprécie pas tes moqueries.

— Hey, dit-il en lui saisissant le bras pour la pousser à lui faire face. Je ne me moque pas de toi. Ton métier est important et dangereux. Un métier pour lequel tu es manifestement douée. Mais tu ne cibles pas la bonne personne.

— Cette même personne qui a introduit suffisamment d'explosifs sur notre territoire pour faire sauter un Etat entier ? Cette même personne qui communique avec des terroristes connus de tous nos services de sécurité ? Cette même personne qui stocke des armes de destruction massive ici même, à Rocky Springs ? Parlons-nous bien de la même personne ? demanda-t-elle furieusement.

Tate resta bouche bée.

— C'est impossible. Marcus est un homme droit et honnête, Lara. Je ne connais personne de plus éthique que lui. Si j'avais des doutes, je te le dirais. Il n'a absolument pas le profil que tu décris, et tu sais déjà ce qui est arrivé à mon père. Marcus aimait beaucoup son père. De nous tous, c'est lui qui a le plus souffert de sa mort. En tant qu'aîné, il était le plus proche de lui. Bon Dieu ! Marcus n'a aucune envie d'être en contact avec des terroristes, et encore moins de contribuer à une attaque visant à tuer des innocents.

Le cœur de Lara se serra. Comment pouvait-elle le convaincre que son frère n'était qu'un terroriste déguisé en homme d'affaires ? Tate aimait Marcus.

— Nous avons des preuves, Tate. Si ce n'était pas le cas, alors je ne serais pas ici. Le FBI n'est pas du genre à gaspiller de l'argent sur une enquête hasardeuse. Je suis désolée.

— Montre-moi ces preuves. Et je t'aiderai. Où se trouve ce soi-disant lieu de stockage ? demanda Tate avec impatience.

— Nous n'en savons rien. C'est la raison de ma présence ici, avoua-t-elle. Tout ce que nous savons, c'est que Marcus a acheté suffisamment d'explosifs pour une attaque à grande échelle et que cet équipement a été transporté ici. Il a été vu avec des terroristes que nous connaissons bien. Les membres de ce groupe ont beaucoup de pouvoir. Ils ont des moyens financiers importants et mènent des vies d'hommes d'affaires. La plupart d'entre eux vivent actuellement aux États-Unis et nous viennent du Moyen-Orient.

— Marcus voudrait tous les tuer s'il savait qu'ils appartenaient à une organisation terroriste, dit Tate en faisant les cent pas dans la cuisine. Il n'a pas la place chez lui pour stocker ce genre de matériel.

— Il a fait construire une piste d'atterrissage au cours de l'été...

— Pour nous permettre de poser nos jets privés ici plutôt qu'à Denver. Nous y étions tous favorables.

— Il a également fait bâtir un nouveau hangar.

— Son autre hangar était trop petit et sa structure était vieillissante. Il possède un avion flambant neuf. Je suis prêt à te faire visiter ces infrastructures si cela peut te convaincre de son innocence. En attendant, j'aimerais en savoir davantage à propos de toutes ces supposées preuves contre Marcus, exigea-t-il en la regardant avec intensité.

Lara le regarda droit dans les yeux pour essayer d'y déceler ses intentions. Tate pourrait soit lui être d'une grande aide, soit représenter un obstacle.

— Tu vas devoir choisir, bébé. Soit tu décides de me faire confiance, soit tu refuses de me croire. C'est à toi de voir, grogna-t-il.

— Mon choix est fait. Le dossier est sur mon ordinateur à la station, répondit-elle.

Son instinct lui intimait de croire à l'honnêteté de Tate. Marcus avait beau être son frère, il ne lui permettrait jamais de tuer des innocents. Tate avait passé des années de sa vie à se battre contre cela.

— Nous allons d'abord jeter un œil aux hangars ainsi qu'à la piste d'atterrissage. Accorde-moi cinq minutes pour prendre une douche et me changer.

— Je vais préparer le petit-déjeuner. Nous avons besoin de manger, dit Lara.

Son enquête avait duré des mois, cela pouvait attendre une heure de plus.

— Lara ? fit Tate.

— Oui ? répondit-elle en se retournant vers lui.

— J'ai une confiance aveugle en Marcus. Nous allons voir que tout cela n'est qu'un gros malentendu, lui dit-il d'une voix rauque.

C'est avec le cœur lourd qu'elle acquiesça d'un hochement de tête.
— Je l'espère, Tate. Je l'espère vraiment.

Tate se retourna et se dirigea vers la salle de bain sans rien ajouter de plus.

Chapitre 7

Pourquoi as-tu couché avec moi la nuit dernière ? Était-ce parce que tu en avais envie ou bien parce que tu voulais me soutirer des informations ? demanda Tate à Lara d'un ton désinvolte.

Elle tourna la tête vers lui. Son regard interrogateur et sensiblement vulnérable prenait le dessus sur sa fausse nonchalance. Ils étaient retournés à la station afin que Lara puisse se changer et s'équiper d'une arme supplémentaire, un Glock 27 qu'elle s'affairait actuellement à attacher à sa cheville, son pied posé sur le lit de sa chambre d'hôtel.

— Malgré ce que tu pourrais croire, je ne couche avec personne pour obtenir des informations, lui répondit-elle défensivement tout en couvrant le pistolet de petite taille avec l'ourlet de son jean. J'en avais envie. En réalité, se rapprocher d'un membre de la famille du suspect n'est pas une bonne chose. En tant qu'agent fédéral en mission, j'aurais dû m'abstenir. Mais il y a si longtemps que je n'avais pas été attirée par un homme.

— Alors c'est mon corps qui t'intéressait ? Tu n'as pas pu résister à la tentation ? demanda-t-il avec un sourire béat.

Tate était couché sur le lit, les mains derrière la tête.

Lara se sentit rougir. *Enfoiré d'arrogant !* Il la rendait folle avec ce genre de commentaires.

— Inutile de flatter votre ego, Colter. J'ai simplement eu une période à vide.

— Je ne m'en plains pas. Je suis heureux d'être celui qui met un terme à cette période à vide. N'hésite pas à te servir de moi pour te stimuler, lui répondit-il avec un regard innocent.

Tu me stimules déjà !

Malgré les apparences parfois trompeuses, Tate Colter n'avait rien d'un ange. En regardant son corps athlétique allongé sur son lit, elle sentit son entrejambe s'inonder. Il était vêtu d'un jean délavé qui épousait les formes de son corps à merveille ainsi que d'un t-shirt assorti à ses yeux. Lara pouvait deviner chacun des muscles de son abdomen et de son torse à travers la finesse du tissu. La position de ses bras faisait également ressortir la musculature développée de ses biceps.

Doux Jésus. Face à la quantité de testostérone qui émanait de son corps, Lara mourrait d'envie de se vautrer sur lui jusqu'à ce que son attitude taquine se transforme en passion brûlante. Cet homme éveillait tout ce qu'il y avait de plus féminin en elle. Et Lara ne savait pas trop comment gérer cela.

Sa profession la poussait à fréquenter de nombreux hommes, dont certains très séduisants. Aucun d'eux ne ressemblait à Tate. Ils avaient beau lui ressembler dans leur attitude de fanfaron plein d'assurance, Tate était plus complexe et intéressant que tous les hommes qu'elle connaissait. Sa confiance en lui était bien réelle et sa bienveillance était très humaine. Ses rares moments de vulnérabilité la faisaient fondre sur place. Sa personnalité avait tant de facettes que la tête de Lara tournoyait et son corps frémissait. Elle voulait explorer toutes les couches qui le constituaient et découvrir qui était le véritable Tate Colter.

Lara n'avait jamais été très entreprenante sexuellement, principalement parce qu'elle n'avait jamais vu le désir dans les yeux d'un homme comme elle le voyait dans ceux de Tate chaque fois qu'il la regardait. Lara s'agenouilla prudemment sur le lit, puis elle posa audacieusement sa main sur son sexe. Son cœur s'emballa lorsqu'elle sentit son érection sous ses doigts. Elle la caressa et regarda Tate droit dans les yeux.

— Je ne cherchais pas à me servir de toi. La nuit dernière fut l'une des expériences les plus incroyables de ma vie. Je ne savais pas que ça pouvait être... aussi bon.

Toute trace d'humour quitta son visage pour laisser place à une expression intense.

— Tu veux dire que tu n'as jamais eu un orgasme aussi intense ? demanda-t-il.

— Je veux dire que je n'ai tout simplement jamais eu d'orgasme. Pas avec un homme, soupira-t-elle.

Tate la regarda d'un air surpris.

— Je n'ai connu que deux hommes au cours de ma vie : mon ex-petit ami infidèle et mon premier amour de jeunesse quand j'étais au lycée. Ma première expérience au lycée fut douloureuse et... précipitée. Quant à mon ex infidèle, il ne se préoccupait pas vraiment du plaisir des autres. Seul le sien lui importait, expliqua-t-elle.

Cela faisait de Tate quelqu'un d'unique à ses yeux. La nuit précédente, toute son attention était ciblée sur le plaisir de Lara, sur son orgasme. Elle comprenait maintenant pourquoi ce genre d'expérience sexuelle pouvait devenir addictive.

Tate enroula ses mains puissantes autour de sa taille, puis il la retourna sur le dos en un mouvement fluide. Son corps recouvrit aussitôt celui de Lara.

— Bébé, le plaisir d'une femme doit toujours passer en premier, dit-il avec passion et avidité.

— Je suis différente. J'imagine que mon ex me voyait davantage comme un agent fédéral, murmura-t-elle.

— Tu es aussi une femme. Une vraie femme. Je suis bien placé pour le savoir. J'ai eu l'occasion de toucher toutes ces parties douces, féminines et sexy hier soir. Mon seul regret, c'est de ne pas t'avoir fait jouir avec ma bouche, répondit-il en observant attentivement son visage. L'autre jour au bar, étais-tu habillée pour rencontrer Marcus ? Essayais-tu d'attirer son attention ?

— Oui, avoua-t-elle avec honnêteté. Mon objectif était d'entrer en contact avec Marcus par tous les moyens possibles. Je cherchais donc à me faire remarquer. Je voulais ensuite me rapprocher de lui pour obtenir autant d'informations que possible.

— À quel point étais-tu prête à te rapprocher de lui ? gronda Tate. Lara soupira.

— J'ai mes limites. J'aime mon pays et ses citoyens, mais mon travail s'arrête après le flirt. Je ne couche avec personne pour obtenir des informations. C'est une mission plutôt inhabituelle pour moi. Habituellement, je n'ai besoin de séduire personne pour faire mon travail.

— C'est moi que tu as séduit plutôt que Marcus, commenta-t-il. Je regrette toujours de ne pas être allé plus loin, mais j'ai bien l'intention de mettre ma tête entre ces jolies cuisses plus tard.

Les yeux de Lara se fermèrent lentement en imaginant cela et son corps se mit à vibrer de désir. Elle avait secrètement hâte d'y être. Avec Tate, ce serait probablement une expérience inédite et un plaisir comme elle n'en avait jamais connu auparavant.

— Sois prudent. Je suis armée, lui rappela-t-elle en rouvrant les yeux.

— Moi aussi. Mais le seul danger dans cette pièce, c'est moi, grogna-t-il.

Sa bouche captura la sienne avec une rapidité d'action qui lui coupa le souffle.

Elle enroula machinalement ses bras autour de son cou, envoûtée par son odeur masculine qui l'enveloppa jusqu'à ce qu'elle soit dans l'incapacité de penser à autre chose qu'à lui. Sa saveur, sa domination et son exigence sensuelle enflammèrent son anatomie.

Il ôta enfin ses lèvres des siennes et saisit le col du pull noir qu'elle portait. Tate l'abaissa légèrement afin de laisser une traînée de feu avec ses lèvres sur la peau sensible de son cou.

— Lara, souffla-t-il contre sa tempe. Tu me rends dingue, bébé.

Elle inclina sa tête afin de lui offrir un meilleur accès mais, au même instant, quelqu'un frappa vigoureusement à la porte.

— Merde ! s'exclama-t-elle.

L'assaut sensuel de Tate avait élevé sa fréquence cardiaque et les coups contre la porte l'avaient subitement ramenée à la réalité.

— Lara. Est-ce que tu es là ? dit Chloé Colter de l'autre côté de la porte fermée à clé.

— Oh mon Dieu. C'est ta sœur, dit-elle en poussant délicatement contre le buste massif de Tate.

— Bon sang. Elle arrive toujours au mauvais moment, se plaignit-il avant de libérer Lara à contrecœur.

— J'arrive, cria-t-elle pour informer Chloé de sa présence.

Lara ajusta rapidement son pull et essaya de discipliner ses cheveux en les attachant en une queue de cheval.

— C'est pas croyable, grommela Tate en se levant à son tour.

Amusée par sa réaction, Lara gloussa avant de se contenir.

Il a vraiment envie de moi.

Se sentir désirée la rendait euphorique. Lara n'avait connu cela avec personne d'autre. Elle n'était pas habituée à ce qu'un homme la traite comme une femme séduisante plutôt que comme un agent fédéral, et cela lui procurait un sentiment de bonheur et de légèreté.

Lara se dirigea vers la porte et la déverrouilla. Elle l'ouvrit avec le sourire, mais cette manifestation de bien-être quitta rapidement son visage en voyant l'homme qui se tenait à côté de Chloé.

Marcus Colter.

— Salut Chloé, dit Lara pour saluer la sœur souriante de Tate.

Monsieur Colter ? ajouta-t-elle en s'adressant à Marcus.

Un autre homme les accompagnait, mais Lara ne le connaissait pas. Il semblait avoir à peu près le même âge que Marcus.

— Blake ! Je ne savais pas que tu étais de retour, s'exclama Tate d'une voix pleine d'enthousiasme.

Lara se détendit. *Ce n'est pas Marcus.* Elle avait passé tant de temps à examiner les photos de Marcus Colter qu'elle en avait oublié qu'il avait un frère jumeau, le sénateur Blake Colter. Marcus était l'aîné de la fratrie, mais seulement de quelques minutes. Marcus et Blake se ressemblaient tellement que Lara se demanda comment Tate pouvait les différencier avec tant de facilité.

Ils ont grandi ensemble.

— Sénateur, je suis ravie de vous rencontrer, monsieur, dit-elle avant de se tourner vers Chloé. Et je suis ravie de te revoir, Chloé.

Elle s'écarta un peu afin d'inviter les trois visiteurs à entrer et permettre à Tate de saluer son frère. Il le fit par le biais d'une étreinte virile, d'une tape dans le dos ainsi que d'un commentaire typique de Tate.

— C'est gentil de ta part de revenir enfin ici pour voir les gens qui ont bien daigné voter pour toi.

Blake repoussa vigoureusement son petit frère.

— Occupe-toi plutôt de faire les présentations, lui dit-il en offrant un sourire reconnaissant à Lara.

— Inutile de chercher à la séduire. Elle ne se laissera pas berner par tes belles paroles, grogna Tate en ne plaisantant qu'à moitié. Lara, je te présente mon frère, Blake, ainsi que son ami, Gabe Walker.

— Monsieur Walker, dit-elle avant de lui serrer la main.

— Je vous en prie, tutoyons-nous et appelez-moi Gabe.

— Et il en va de même pour moi, Lara. Appelez-moi Blake. Une amie de la famille est également mon amie, dit-il avec charme.

Je pense que je ne serai l'amie de personne une fois que j'aurai coffré votre grand frère.

À vrai dire, Lara savait d'ores et déjà qu'elle finirait par être la personne la plus détestée de toute la famille Colter. Son cœur se serra en imaginant l'impact que la conclusion de son enquête aurait sur cette famille, en particulier sur Tate.

— Je voulais juste m'assurer que tu allais bien, expliqua Chloé. Tate m'a envoyé un message hier pour me dire qu'il t'avait trouvée. Mais tu n'étais pas encore ici tôt ce matin.

— Je...J'étais...

— Elle était avec moi. Lara était coincée dans le froid et nous étions plus près de chez moi, intervint Tate avec toute l'assurance qui le caractérise.

— Je suis rassurée de constater que tu vas bien, sourit Chloé.

Lara lui rendit son sourire. Gabe Walker semblait incapable de quitter Chloé des yeux. *Intéressant.*

Blake regarda Tate d'un air surpris.

— Si vous étiez chez toi, pourquoi ne pas avoir simplement pris la Jeep pour...

Tate interrompit son frère à l'aide d'un coup de coude dans les côtes.

— Aïe. Mais qu'est-ce qui te prend ? protesta Blake tout en massant ses côtes endolories.

— Oups, désolé, s'excusa Tate avec une absence totale de remords. Lara et moi étions sur le point de partir. Nous pourrons nous retrouver plus tard, ajouta-t-il en lançant à son frère un regard menaçant pour lui intimer de se taire.

Lara assista à leur interaction avec intérêt, mais elle laissa Tate la prendre par la main pour la guider jusqu'à la porte. Avant de sortir, elle prit sa veste ainsi que celle de Tate.

Les trois visiteurs sortirent en premier, avec la promesse de retrouvailles ultérieures.

— Tu as dit être armé ? demanda Lara, nerveuse en imaginant ce qu'ils pourraient découvrir chez Marcus.

Selon Tate, Marcus avait été retardé par la météo et n'était pas encore arrivé chez lui, mais il ne savait pas vraiment à quelle heure il serait là.

Tate lui présenta son dos.

— Est-ce que tu veux toucher mon calibre ? demanda-t-il sans chercher à dissimuler cette allusion grivoise.

Après avoir fermé la porte de sa chambre et glissé la clé dans sa poche, Lara posa sa main dans le dos de Tate.

— C'est un gros calibre, commenta-t-elle en sentant l'étui de son arme à feu.

— Bébé, tout est gros chez moi, ajouta-t-il avec un clin d'œil. Plus sérieusement, j'ai de grandes mains. La taille de mon arme est donc en conséquence.

— Ce qui la rend plus difficile à dissimuler, dit-elle tandis qu'ils se dirigeaient vers l'ascenseur. Une grande taille n'est pas toujours un avantage.

— Mais c'est souvent préférable, répliqua-t-il en agitant ses sourcils avant d'entrer dans l'ascenseur.

— Certains hommes sont obsédés par la taille de leurs objets. Ils compensent.

— Tu sais très bien que cela ne s'applique pas à moi, sourit-il diaboliquement.

Prétentieux. Néanmoins, Lara n'avait pas à se plaindre à ce sujet. Tate n'avait absolument rien à compenser.

Tous deux retrouvèrent leur sérieux en sortant de l'hôtel. Tate ouvrit la portière passager de son imposant véhicule tout-terrain pour permettre à Lara de monter à bord. Il s'agissait là encore d'une première pour elle. Aucun homme ne lui avait jamais tenu la porte.

Une fois Lara installée, il fit le tour de la voiture et prit place derrière le volant.

— Finissons-en. Nous avons des choses bien plus agréables à faire.

Lara déglutit pour se débarrasser de la boule qui venait soudain d'obstruer sa gorge.

— Tate, je suis désolée...

— Ne sois pas désolée, gronda-t-il. Marcus ne ferait jamais rien d'illégal ou de dangereux pour ses semblables. Je connais mon frère.

Les preuves contre Marcus Colter étaient pourtant accablantes et irréfutables. Le matériel avait été acheté par lui et transporté à Rocky Springs. Tate serait dévasté en le découvrant de ses propres yeux, mais c'était inévitable.

— J'espère que tu as raison, répondit-elle en sachant que ce n'était pas le cas.

Elle espérait toutefois que, par miracle, Tate connaisse bel et bien son frère aîné mieux que le FBI.

Chapitre 8

—Je suppose que tu n'as pas les clés, dit Lara face à la porte de l'énorme hangar dont la construction avait été achevée au cours de l'été.

Elle croisa les bras et bondit d'un pied sur l'autre pour essayer de se réchauffer. Le ciel était dégagé et le soleil brillait mais il faisait un froid glacial.

— Je n'ai pas besoin de clé, dit Tate en plongeant sa main sans la poche de son pantalon pour en sortir un canif.

Il en déploya une partie constituée de plusieurs lames en métal fin.

— Tu vas crocheter la serrure ? demanda-t-elle en claquant des dents.

Sans lui répondre, il s'accroupit et ouvrit la porte en moins d'une minute.

— Je n'entre jamais nulle part par effraction. Je me contente d'employer une méthode alternative pour ouvrir la porte.

Tate poussa la porte et lui fit signe d'entrer.

— Tu voulais fouiller ce hangar, te voilà servie, dit-il d'un ton bourru tout en repliant son couteau.

Lara ne se fit pas prier et entra volontiers dans le vaste hangar chauffé. Cette bâtisse était assez spacieuse pour abriter plusieurs avions. Pour l'instant, l'espace principal était vide, à l'exception de quelques équipements destinés à l'entretien des avions.

Lara eut mal au cœur en voyant le visage de Tate décomposé par les remords. Il était peut-être convaincu de l'innocence de son frère, mais elle voyait bien qu'il se sentait mal d'entrer chez lui sans sa permission.

Tate croisa les bras sur son torse.

— Visite rapidement les lieux et sortons d'ici.

Aucun avion n'était stationné dans l'immense espace, Lara put donc faire rapidement le tour du hangar sans prendre la peine de fouiller les plus petites pièces.

Trop petit pour y stocker des explosifs.

Lara ôta ses gants et les glissa dans une poche zippée de sa veste imperméable, puis elle sortit son téléphone portable pour envoyer un texto.

Je suis à l'intérieur. Je cherche.

Elle avait appelé le directeur de sa division avant son départ. Même si sa mission consistait simplement à mener l'enquête sans éveiller les soupçons, elle voulait tout de même assurer ses arrières. Son équipe habituelle n'aurait jamais le temps d'arriver dans le Colorado à temps depuis Washington DC. Son patron l'avait donc mise en relation avec une équipe rapidement formée et envoyée ici depuis Denver. La propriété de Marcus était actuellement encerclée d'agents fédéraux au cas où elle trouverait quelque chose.

Les plus petites pièces étaient vides, à l'exception d'un bureau, d'une chaise et de petits matériels.

Jusqu'à ce qu'elle se retrouve devant une porte verrouillée.

— Qu'y a-t-il ici ? demanda-t-elle à Tate en haussant la voix, ce dernier étant resté près de la sortie.

Il alla la rejoindre d'un pas nonchalant pour essayer d'ouvrir la porte.

— Je n'en sais rien.

— À en juger par son aspect, la salle qui se trouve de l'autre côté doit être assez grande, songea-t-elle.

Une fois de plus, Tate sortit son couteau et s'accroupit devant la porte afin de la déverrouiller.

— Bon sang. Vous n'avez pas de système d'alarme ici ? demanda-t-elle avec curiosité.

Tate haussa les épaules et poussa la porte.

— Pour quoi faire ? Tu crois vraiment que quelqu'un viendrait au milieu des Rocheuses pour voler un avion ? D'autant plus que tous nos employés sont des gens de confiance avec qui nous travaillons depuis des années.

Incroyable. Lara venait d'un monde où personne ne faisait confiance à personne. Il faut dire qu'elle n'avait jamais vécu dans une petite ville comme Rocky Springs. . .

Lara fut la première à franchir la porte. Aussitôt entrée, elle s'arrêta net.

— Oh mon Dieu. Qu'est-ce que c'est que tout ça ? dit-elle en balayant du regard l'espace de stockage.

La salle était remplie de caisses. Un si grand nombre de caisses qu'il serait impossible de les compter.

— Il n'y a qu'une seule façon de le savoir, déclara Tate d'un ton sombre en s'approchant d'une des caisses avec son couteau.

Après seulement quelques secondes d'effort, Tate laissa tomber le couvercle au sol.

— Merde. Il y a suffisamment de C4 ici pour faire beaucoup de dégâts.

Lara s'approcha et découvrit une grande collection d'explosifs, de missiles, d'armes et d'équipements en tout genre pour fabriquer des bombes. Tout en contenant ses larmes, elle sortit son téléphone portable et envoya un autre texto.

Preuves trouvées.

— C'est impossible. C'est absolument impossible, s'emporta Tate en se dépêchant d'ouvrir d'autres caisses.

— Tate, arrête. S'il te plaît, dit Lara, incapable de rester là sans rien faire.

L'angoisse de Tate était presque tangible.

— Marcus n'a pas fait ça. Il ne ferait jamais une chose pareille, dit-il en se tournant vers elle après avoir ouvert une autre caisse...

Lara eut le cœur brisé face au regard protecteur de Tate lorsqu'il parlait de son frère.

— J'ai bien peur que si, résonna une voix masculine derrière eux.

Lara se retourna rapidement et découvrit le visage de Marcus Colter ainsi que le canon de plusieurs fusils d'assaut.

Marcus avait les yeux gris de la famille Colter, mais ceux-ci ne laissaient actuellement transparaître aucune émotion. Il donna quelques ordres précis en arabe, probablement pour indiquer à ses hommes de main de ligoter Tate et Lara. Elle savait déjà que Marcus Colter parlait couramment plusieurs langues, dont l'arabe. Ses connaissances de la langue étaient limitées, mais à en juger par le ton de sa voix, elle comprit qu'il s'agissait d'ordres directs.

Quelques instants plus tard, Tate et Lara étaient désarmés. Le couteau de Tate ainsi que leurs armes à feu tombèrent au sol. Ils étaient pris au piège. Plusieurs fusils d'assaut étaient braqués sur eux et prêts à tirer.

La situation était surréaliste : les six inconnus ainsi que Marcus étaient tous vêtus de costumes sur mesure, comme s'ils venaient de sortir d'une réunion d'affaires. Peut-être était-ce le cas... une réunion d'affaires au sujet de leur entreprise terroriste.

— Pourquoi ? grogna Tate tandis que l'un des hommes lui attachait les mains dans le dos. Pourquoi est-ce que tu fais une chose pareille ? Regarde-moi, bon sang. Regarde-moi en face, Marcus, et dis-moi pourquoi tu fais ça !

Marcus resta de marbre, ses yeux vides rivés sur Lara tandis qu'il s'approchait d'eux. Il attendit que ses hommes s'éloignent avant de parler. Il garda sa voix basse, comme s'il voulait que la conversation reste entre lui et son frère.

— Pour l'argent. Tout est une question d'argent, Tate. J'ai découvert qu'il y avait une fortune à faire dans ce secteur d'activité.

— N'importe quoi ! L'argent ne t'a jamais intéressé, hurla Tate.

Tate explosa :

—Que dirait notre père ?

— Notre père est mort, répondit Marcus. La vie continue.

— Ce n'est pas l'argent qui t'intéresse. Nous en avons tellement que nous ne savons plus quoi en faire.

— Ce n'est jamais assez. L'argent, c'est aussi le pouvoir, répondit calmement Marcus en hochant la tête en direction de Lara.

—Qui est-ce ?

Ses mains désormais solidement attachées dans son dos, Lara foudroya Marcus du regard.

— Je suis ton pire cauchemar, Colter.

Marcus s'arrêta juste devant elle.

— Ah...tu es donc une de ces bonnes âmes désireuses de sauver le monde ? Je suppose que tu fais partie d'une branche ou d'une autre des forces de l'ordre, dit-il avant de regarder son frère.

— Ne la touche pas, grogna Tate. Laisse-la partir. Elle n'a rien à voir avec tout ça.

Lara savait que Marcus n'avalerait pas un tel mensonge, d'autant plus qu'elle était entrée ici avec une arme à feu. Et même si Marcus acceptait miraculeusement de la laisser partir, elle n'avait pas l'intention de laisser Tate ici après ce qu'ils avaient trouvé.

— J'aimerais bien en profiter avant qu'elle meure, dit l'un des hommes armés avec un fort accent.

Le simple fait d'imaginer qu'un de ces hommes puisse la toucher lui donnait envie de vomir – et cela incluait Marcus. Elle voulait le tuer rien que pour la façon dont il avait trahi sa famille, ainsi que son pays.

Un. Deux. Trois.

Lara compta les canons braqués sur elle. Trois hommes étaient armés, quatre ne l'étaient pas, dont Marcus. Elle et Tate étaient ligotés. Lara aimait se dire qu'elle pouvait se sortir de tout et n'importe quoi en tant qu'agente fédérale, mais ses chances de survivre à cette situation étaient plutôt minces, à moins que l'équipe de Denver n'intervienne rapidement.

Un homme non armé s'approcha d'eux. Il ramassa le couteau de Tate, déploya la lame et fendit le pull qu'elle portait, du col jusqu'à la taille.

— Si tu la touches, je te tue, rugit furieusement Tate avant de bondir en avant pour donner un coup de tête à l'homme en question.

Ce dernier retrouva vite ses esprits et fonça sur Tate. Lara cria et envoya sa jambe en direction de l'homme qui se précipitait sur Tate, couteau en main. Elle parvint à le ralentir dans son élan, mais la lame du couteau toucha Tate à l'épaule. Tous deux avaient été dépouillés de leur veste d'hiver après avoir été désarmés. Tate n'était donc vêtu que d'un t-shirt fin n'offrant aucune protection contre un coup de couteau. La blessure se mit immédiatement à saigner.

Marcus s'approcha et attrapa l'homme qui venait d'agresser Tate par le col de sa veste de costume.

— Sommes-nous ici pour inspecter le dernier arrivage ou pas ?

Le terroriste repoussa vivement Marcus, puis il s'adressa brusquement aux deux autres hommes sans arme. Ces derniers entrèrent dans la salle de stockage.

— Je vais les surveiller.

— Cette petite surprise va nécessiter un changement de plan, commenta Marcus en se tournant vers l'homme qui était vraisemblablement en charge des autres terroristes, ce même homme qui venait de s'en prendre à Tate.

Sans attendre de réponse, Marcus suivit immédiatement les deux hommes dans l'espace de stockage qui abritait les explosifs. Il ne se souciait manifestement pas de l'approbation du chef.

Lara se rapprocha de Tate pour essayer d'évaluer la gravité de sa blessure à l'épaule. Le saignement était si abondant qu'elle ne pouvait voir la plaie. Tate avait beau perdre du sang, les traits de son visage étaient tirés par la colère plutôt que par la douleur.

— Est-ce que ça va ? murmura Tate entre ses dents serrées.

Elle hocha la tête.

— Je m'inquiète pour toi.

— J'ai survécu à bien pire. Est-ce que tu penses pouvoir parvenir à me détacher ? J'essaie de défaire les nœuds, mais ce serait plus rapide si tu pouvais m'aider.

Sans attendre une seconde de plus, Lara se positionna légèrement derrière Tate pendant que les terroristes étaient occupés. Leur chef s'adressait aux hommes armés. Elle essaya de se tourner discrètement pour essayer d'aider Tate à libérer ses mains liées.

— Éloigne-toi de lui, ordonna le chef du groupe qui venait d'apparaître devant eux en un clin d'œil, couteau en main.

Bon sang !

Lara s'exécuta docilement afin d'éviter que Tate ne subisse une autre punition. Elle aurait dû être mieux préparée à un tel scénario. Elle aurait dû surveiller l'entrée du hangar. Lara avait commis la grave erreur de se laisser distraire émotionnellement. Elle était trop affectée par ce que Tate pouvait ressentir.

Le leader du groupe la prit vigoureusement par le bras. Elle s'agita pour essayer de se débarrasser de lui, mais il lui agrippa ensuite les cheveux. Elle grimaça de douleur lorsqu'il tira sans retenue sur sa chevelure pour l'amener devant lui, puis il poussa sur le sommet de son crâne.

— À genoux. Tu vas me sucer maintenant. Si tu fais quelque chose qui ne me plaît pas, ton petit ami est mort.

Petit ami ? Savait-il que Tate était le frère de Marcus ? Lara ne parlait que quelques mots d'arabe et n'était donc pas parvenue à comprendre ce que Marcus leur avait dit. L'homme qui se tenait devant elle parlait manifestement sa langue, mais elle ne savait pas si c'était également le cas des autres.

Je suis la seule à avoir entendu ce que Marcus a dit à Tate. C'est étrange qu'il n'ait pas identifié Tate comme étant son frère.

Forcée par son bourreau, Lara se mit à genoux. Elle eut immédiatement la nausée rien que d'imaginer le pénis de cette ordure dans sa bouche. C'était dans sa nature de se battre, mais la vie de Tate était en jeu et il était déjà blessé. Lara ferait tout ce qu'elle pourrait pour gagner du temps, même si elle préférerait lui éclater les parties intimes avec toute sa force.

Le terroriste essaya d'ouvrir sa braguette d'une main tandis qu'il utilisait sa main opposée pour tenir Lara en place.

— Lara, bon Dieu, non ! aboya Tate.

Il s'approcha pour essayer de faire tomber l'agresseur d'un coup de pied.

Avant même de pouvoir le toucher, les trois autres hommes arrivèrent pour immobiliser Tate. . .

Sans la voir venir – son attention étant sur Tate – Lara sentit alors une grosse main s'écraser violemment contre sa joue. Ses yeux se mirent à pleurer à cause de la douleur et l'ensemble de son corps fut projeté sur le côté. Incapable de garder son équilibre avec les mains liées, elle s'effondra sur le sol en béton, mais le terroriste ne perdit pas de temps et l'attrapa à nouveau par les cheveux pour la relever.

— Si tu bouges à nouveau, elle sera punie, grogna le chef.

Cet avertissement s'accompagna d'un regard impitoyable adressé à Tate.

Lara était sonnée et sa vue était floue. Non seulement le coup reçu au visage fut très violent, mais sa tête avait heurté le sol dans sa chute. En découvrant le pénis en érection devant son visage, elle était presque contente que sa vue soit affectée.

Ne réfléchis pas. Fais ce que tu as à faire. Tu as juste besoin de gagner du temps. Juste un peu de temps pour permettre à mon équipe d'intervenir. Je dois le faire pour que Tate reste en vie.

— Je jure devant Dieu que je vais te couper la bite et te la fourrer dans la gorge si tu ne la laisses pas tranquille, grogna Tate.

— Qu'est-ce qui se passe là-bas ? demanda Marcus depuis l'autre extrémité de la salle.

Encore un peu de temps.

Son agresseur tira à nouveau sur ses cheveux pour approcher son visage de son sexe. Lara dut se retenir de toutes ses forces pour ne pas vomir.

Puis, subitement, elle était libre, libérée par une salve de tirs. Lara se jeta par terre, cette fois volontairement. Elle tourna la tête, terrifiée à l'idée de regarder en direction de Tate, mais elle devait savoir s'il était toujours en vie.

Non seulement il était vivant, mais ses mains étaient détachées. Il avait visiblement désarmé l'un des terroristes avant de pousser les deux autres à déposer leurs fusils d'assaut. Les coups de feu avaient été tirés par Tate. Les balles avaient terminé leur course dans le corps de son bourreau, qui gisait désormais au sol à moins de deux mètres d'elle. Tate était furieux. Sa respiration était lourde et ses yeux aussi durs que de l'acier alors qu'il regardait Marcus. Les deux hommes qui se tenaient à côté de lui hésitèrent un instant avant de ramasser les armes qu'ils avaient confisquées à Tate et Lara.

Elle savait que ces armes étaient chargées et prêtes à être utilisées.

— FBI ! Lâchez vos armes ! Tout de suite ! retentit soudain une voix masculine depuis la porte d'entrée.

Dieu merci. L'équipe est enfin là.

L'homme qui venait de s'emparer du Glock 23 pointa son arme en direction de la voix tonitruante, puis les coups de feu résonnèrent dans le grand bâtiment.

Tate se jeta sur elle et couvrit son corps avec le sien. Lara fut stupéfaite en comprenant qu'il cherchait à la protéger d'éventuelles balles perdues.

Les tirs cessèrent soudainement. Le terroriste armé du Glock gisait désormais au sol, sans vie. Les autres hommes levèrent les mains au-dessus de leurs têtes pour se rendre.

— Agent Bailey ? demanda l'un des agents.

— Je suis ici, cria-t-elle pour se faire entendre. N'abattez pas l'homme qui est avec moi. Il est avec nous et il est blessé. Aidez-le, ajouta-t-elle d'une voix tourmentée.

Tate était couvert de son propre sang.

— Ça va aller, lui dit Tate à voix basse contre son oreille. Et toi ça va, bébé ?

Tate était vivant et conscient, mais il avait besoin de soins. Lara pouvait entendre la douleur dans sa voix malgré ses efforts pour la cacher.

— Je vais bien, le rassura-t-elle.

Tate se redressa et aida Lara à se lever, puis il lui détacha rapidement les mains.

— Tu saignes et cette ordure t'a frappée tellement fort qu'il a laissé l'empreinte de sa main sur ton visage, répondit un Tate enragé.

Il posa délicatement ses doigts sur sa joue et essuya une goutte de sang.

Lara regarda l'homme mort au sol.

— Il porte une bague. J'imagine que le bijou a attrapé ma peau, dit-elle avant de déchirer le t-shirt de Tate pour jeter un œil à sa blessure.

Son visage ainsi que ses vêtements étaient couverts de sang. Il y avait également beaucoup de sang sur le sol.

— Tu as perdu trop de sang. Tu as besoin d'aide, dit-elle.

Lara plaça sa main sur la lacération située juste entre sa poitrine et sa clavicule, puis elle appuya aussi fort que possible pour arrêter le saignement. Elle utilisa sa main libre pour exercer une contre-pression dans son dos.

L'un des membres de l'équipe se précipita vers eux.

— Je crois que nous les avons tous, agent Bailey. Il y avait sept personnes au total, n'est-ce pas ?

— Oui. Y compris le mort au sol. Le recours à une riposte létale était nécessaire, dit-elle formellement en s'adressant à l'agent aux cheveux noirs qui semblait avoir une trentaine d'années. Voici Tate Colter. Il fait partie des forces spéciales et il m'a aidée à mener l'enquête. Il a besoin de soins. Il a été poignardé par l'un des malfaiteurs.

— Avez-vous besoin d'être porté jusqu'à la voiture, monsieur Colter? demanda l'agent en découvrant la quantité de sang perdu par Tate. Vous avez probablement besoin de voir un docteur également. Vous êtes blessée au visage, dit-il en se tournant vers Lara. . . .

Tate Grogna.

— Personne ne me porte tant que je ne suis pas mort. Et pour l'instant, je suis bien vivant, dit-il en enroulant un bras protecteur autour de Lara. Allons-y.

— J'essaie de maintenir un point de compression, l'informa-t-elle d'un ton ferme.

— Ça va aller. Je veux qu'un docteur examine tes blessures. Allons à la voiture, répondit-il en l'orientant vers la sortie.

L'agent les suivit de près.

Tate s'arrêta brusquement près de la porte, son regard meurtrier en voyant son frère s'approcher, conduit vers la sortie par un agent fédéral menottes aux poignets.

Lara retint sa respiration et le temps sembla s'arrêter lorsque les deux frères se regardèrent enfin dans les yeux. Elle sentie le corps de Tate frémir. Il abaissa le bras qui était autour de ses épaules pour s'approcher de son frère.

Marcus semblait à peine affecté par ce qui se passait, mais son regard était vif en voyant Tate marcher dans sa direction.

Sans rien dire, Tate envoya un grand coup de poing et frappa son frère en plein visage. L'agent qui l'accompagnait dut retenir Marcus pour l'empêcher de tomber en arrière.

— Voilà ce que tu mérites pour avoir trahi ton pays et pour ne pas avoir protégé Lara, espèce de sale égoïste, dit-il d'une voix rauque et menaçante.

Il tourna ensuite le dos à Marcus et retourna aux côtés de Lara pour la prendre par la main.

Lara ne put contenir ses larmes. Son cœur se serra face à la trahison que subissait Tate. Et elle savait que ce n'était que le début. Tate n'était pas juste blessé physiquement. Il venait d'être abandonné par son grand frère.

Lara serra la main de Tate dans la sienne pour lui manifester son soutien.

Ensemble, ils sortirent du hangar. Tate ne se retourna pas pour regarder Marcus. Ils montèrent dans la voiture et l'agent fonça en direction de l'hôpital.

Gabe Walker stationna son gros véhicule sur une place libre de l'artère principale de Rocky Springs, l'estomac noué.

Il sortit de sa voiture et secoua lentement la tête en posant son Stetson noir sur le sommet de sa tête. Son chapeau lui valait parfois le surnom de cowboy milliardaire, mais cela ne le dérangeait pas. Il avait passé la majeure partie de son enfance au Texas dans une famille très aisée, son père ayant fait fortune dans le pétrole. Tout comme Blake, son père possédait aussi un élevage de bétail. Ainsi, Gabe se considérait parfois véritablement comme un cowboy, plus encore que Blake, que beaucoup de gens surnommaient le sénateur des cowboys.

Il s'arrêta devant la porte et lut le texte à la jolie police d'écriture placardé sur la vitrine immaculée de l'entreprise :

Chloé Colter, docteur vétérinaire.

Il avait encore du mal à croire que la petite Chloé Colter était maintenant une vétérinaire dont la réputation n'était déjà plus à faire.

Et plus si petite que cela.

Gabe devait bien admettre qu'il avait un faible pour elle. C'était le cas depuis qu'elle était revenue ici. Chloé était désormais une véritable femme avec tout ce qu'il faut aux bons endroits. Elle était absolument magnifique, mais elle ne supportait pas sa présence. Il convient de préciser que Chloé avait de bonnes raisons de ne pas trop l'apprécier. Elle n'était pas près d'oublier l'incident qu'ils avaient vécu.

Gabe poussa un soupir masculin, puis il ouvrit la porte et s'approcha du comptoir d'accueil de la clinique vétérinaire, son esprit focalisé sur ce qu'il avait à faire.

Bon sang, comment pouvait-il lui expliquer ce qui se passait alors qu'il ne comprenait pas lui-même ?

— Que fais-tu ici ? demanda Chloé.

La réceptionniste était absente, mais Chloé gardait manifestement un œil sur l'entrée.

Gabe ôta son chapeau. Il était tard et la clinique était théoriquement fermée, mais comme d'habitude, Chloé s'occupait des animaux.

— Je dois te parler, Chloé.

Son ton grave dut l'inquiéter, car elle s'approcha immédiatement de lui.

— Qu'est-ce qui se passe ? demanda-t-elle d'un air interrogateur.

Oh bon Dieu, elle est si belle. Gabe la regarda et sa gorge se serra. *Contente-toi de lui dire. Attendre ne va pas faciliter les choses.*

— Tate est blessé. Il est à l'hôpital, lui dit-il calmement.

Le visage de Chloé se décomposa. Sa curiosité laissa place à une vive inquiétude.

— Oh mon Dieu. Est-ce que c'est grave ? Que s'est-il passé ? Est-ce que ça va aller ?

Gabe ne savait pas grand-chose. Blake avait été informé de l'incident par téléphone tandis que Gabe était chez lui pour discuter du bétail. Il savait seulement que Tate avait été blessé et que la propriété de Marcus avait été saisie par le FBI.

— Je ne sais pas. Allons à l'hôpital. Blake est allé chercher ta mère.

Gabe lui parla de la blessure que Tate avait subie chez Marcus ainsi que de l'intervention du FBI.

— Pourquoi est-il blessé ? Est-ce qu'il a eu un accident ? demanda-t-elle nerveusement.

Gabe secoua la tête.

— Tout ce que je sais, c'est qu'il aurait été poignardé par un inconnu. L'enquête est prise en charge par le FBI et nous n'en savons pas beaucoup plus, expliqua-t-il.

Gabe inspira profondément avant d'ajouter :

— Encore une chose, Chloé.

Doux Jésus. Comment pouvait-il lui annoncer une tragédie supplémentaire alors qu'elle était déjà morte d'inquiétude pour Tate? Il n'avait pas le choix.

— Ton frère, Marcus, a été arrêté.

Chloé posa ses mains sur ses hanches.

— Par pitié, dis-moi que c'est une blague. C'est impossible. Marcus est l'homme le plus intègre que je connaisse. Pour quelle raison aurait-il été arrêté ?

Gabe s'était dit la même chose, mais c'était pourtant bien réel.

— Le FBI l'a placé en détention pour trahison en vue de commettre un acte terroriste, répondit-il.

Bon Dieu, il avait lui-même du mal à y croire en s'entendant le dire. Il ne connaissait pas Marcus aussi bien que Blake, mais même dans ses rêves les plus fous il n'aurait pu l'imaginer faire quoi que ce soit de hors-la-loi.

— S'il te plaît, arrête de me raconter des histoires, supplia Chloé avec des yeux emplis de larmes.

— Je peux parfois me comporter comme un vrai salopard, Chloé, mais je te jure que je ne plaisanterais pas à propos d'une chose pareille. Je suis désolé, dit-il.

Gabe ne supportait pas de voir tant de souffrance dans les yeux gris de Chloé. Il voudrait pouvoir lui dire que tout cela n'était pas vrai, mais il était malheureusement on ne peut plus sérieux.

— Prends ton manteau, chérie, et allons voir Tate à l'hôpital.

— Oui. D'accord. Je vais chercher mon manteau, répondit-elle d'un air hébété.

Elle alla dans son bureau pour récupérer ses vêtements d'hiver ainsi que son sac à main.

Gabe la débarrassa de son manteau, puis il l'aida à l'enfiler. Il prit ensuite son bonnet et le glissa délicatement sur sa tête jusqu'à ce que ses oreilles soient recouvertes, puis il enroula son écharpe autour de son cou.

— Est-ce que tu peux conduire vite, s'il te plaît ? demanda-t-elle une fois à l'extérieur tout en essayant de verrouiller la porte du cabinet d'une main tremblante.

Gabe lui prit doucement la clé des mains, ferma la porte et glissa la clé dans le sac à main de Chloé.

— Aussi vite que possible, promit-il en l'aidant à monter à bord de son véhicule.

Chloé étant manifestement sous le choc, Gabe boucla sa ceinture de sécurité, puis il ferma doucement sa portière avant de se précipiter du côté conducteur.

Une fois installé au volant, il démarra rapidement et prit la direction de l'hôpital. Il roula aussi vite que possible sur les routes verglacées, ce qui représentait déjà des vitesses dépassant largement les limitations.

— Je ne sais que penser. Je n'arrive pas à y croire, murmura Chloé.

— Ça va aller, Chloé. Nous devrions en savoir davantage une fois à l'hôpital. Tate va s'en remettre. Tu sais qu'il est bien trop têtu pour se laisser abattre, la rassura-t-il.

Gabe espérait avoir raison.

— Je m'inquiète pour ma mère. Elle ne va pas très bien le prendre. Même si Tate va bien, ce qui se passe avec Marcus va l'anéantir.

— Nous ne savons pas ce qui s'est passé. Attendons d'abord d'en savoir davantage. Tout cela n'est peut-être qu'un malentendu. Selon Blake, l'agent qu'il a eu au téléphone n'était pas très communicatif.

Chloé poussa un long soupir, comme pour essayer de se calmer. Gabe pouvait voir sa main trembler sur la console centrale qui les séparait. Il ne prit pas le temps de réfléchir. Au lieu de cela, il prit sa main dans la sienne et la serra délicatement.

— Respire, Chloé.

Elle s'exécuta en emplissant une nouvelle fois ses poumons. Gabe fut surpris de constater que Chloé ne chercha par à récupérer sa main. Au contraire, elle glissa ses doigts entre les siens et s'agrippa à lui.

Son cœur se mit à marteler contre sa paroi thoracique et il se risqua même à lui caresser la main avec son pouce. C'était comme si Chloé lui faisait soudainement confiance.

Ce bref instant avait beaucoup d'importance pour lui.

Le simple fait de lui tenir la main est la meilleure sensation que j'ai jamais connue.

En arrivant sur le parking de l'hôpital, Gabe espéra secrètement que la situation n'était pas aussi grave qu'elle en avait l'air. Si tel était le cas, alors il ferait tout ce qui était en son pouvoir pour prendre soin de Chloé.

Après avoir garé son véhicule sur une place libre, Gabe dut rompre le mince lien physique qui les unissait afin de sortir.

Une fois à l'extérieur, il lui tendit à nouveau sa main que Chloé accepta volontiers. Gabe glissa ses doigts entre les siens, puis ils se précipitèrent ensemble vers l'entrée de l'hôpital. Il était heureux d'être présent pour Chloé, il se demanda néanmoins pourquoi elle n'avait toujours pas pris la peine de prévenir son fiancé.

— Je veux partir d'ici...immédiatement, grogna Tate en essayant de se redresser sur sa civière dans une chambre du centre hospitalier de Rocky Springs.

Blake, Chloé, la mère de Tate ainsi que Gabe Walker se tenaient tous au pied de son lit simple.

Lorsque Tate essaya de se redresser, Lara le repoussa doucement mais fermement contre son oreiller.

— Tu n'iras nulle part pour l'instant. Tu es encore sous perfusion. Tu as perdu trop de sang.

Fort heureusement, la blessure de Tate était sans gravité, bien que spectaculaire. Il avait simplement eu besoin d'une perfusion, de médicaments ainsi que de nombreux points de suture pour refermer sa plaie.

— Je me tire d'ici, l'informa Tate d'un ton ferme. Bon sang, j'ai connu des dons du sang plus éprouvants que ça.

Lara doutait fortement de ce qu'il avançait là, mais elle ne chercha pas à le contredire. Elle se pencha près de lui et approcha sa bouche de son oreille pour murmurer sensuellement :

— Si tu te conduis bien, je te ferai une gâterie que tu n'oublieras jamais.

Certes, Lara n'était vraiment pas une experte en la matière mais Tate n'avait pas besoin de le savoir.

Tate céda immédiatement et retrouva sa position allongée.

— Je veux bien rester jusqu'à ce que la perfusion soit terminée, accepta-t-il.

Lara lui sourit.

— Merci.

— Assieds-toi, ordonna-t-il. Tu as tout autant besoin de ce lit que moi. Cette ordure t'a bien amoché le visage.

En effet, Lara s'était vue dans un miroir et ce n'était pas joli à voir. Rien n'était cassé mais sa mâchoire et sa joue étaient enflées et avaient commencé à bleuir. Les médecins avaient soigné la petite coupure sur sa joue. La plaie était désormais à peine visible.

— J'ai survécu à bien pire, dit-elle en reprenant les mots de Tate. Lara tira une chaise pour s'asseoir près de son lit d'hôpital.

— Je suis curieux, mais ai-je vraiment envie de savoir ce que tu lui as dit pour le convaincre de se laisser soigner ? demanda Blake au pied du lit.

Lara tourna la tête pour regarder la famille de Tate. Blake et Chloé semblaient encore sous le choc face à la situation, le visage de Gabe était sombre et la mère de Tate pleurait en silence. Les larmes coulaient sur les joues d'Aileen, mais elle s'efforçait de garder la bouche fermée.

— Je lui ai dit que Gabe allait le plaquer au lit pour le retenir physiquement, mentit-elle.

Tate éclata de rire.

— Si tu avais vraiment dit ça, je serais déjà sorti d'ici. Ces deux-là ne pourraient pas m'arrêter.

Lara lui lança un regard menaçant et s'empressa de changer de sujet.

— Un des agents a amené la voiture de Tate jusqu'ici. Je pourrai le conduire chez lui quand il aura terminé. Je sais que la journée a été éprouvante. Vous devriez peut-être tous aller vous reposer.

— J'aimerais voir Marcus, dit enfin Aileen d'une voix tremblante.

— Il est en route pour le siège du FBI à Washington DC. Marcus est un cas particulier et les agents de Denver ont reçu l'ordre de le transférer à Washington le plus rapidement possible. Je suis désolée, madame Colter. Il aura un procès et vous pourrez enfin le voir, répondit Lara.

Elle eut envie de se mettre à sangloter face à la souffrance dans les yeux d'Aileen. Les crimes de Marcus venaient littéralement de détruire toute une famille. Ils étaient tous dévastés. La famille Colter était respectée et admirée, mais cela ne suffirait pas après ce que Marcus avait fait.

— Je dois aussi aller à Washington, dit Blake d'un ton grave. Ils veulent m'interroger. En réalité, je ne serais pas surpris que nous le soyons tous.

— Es-tu considéré comme un suspect ? demanda Tate.

Bon Dieu. Cette histoire va tuer ta carrière, Blake, même si tu n'es coupable de rien du tout.

Blake secoua lentement la tête.

— Pour l'instant, ma carrière politique est vraiment le cadet de mes soucis, répondit-il avec tristesse et inquiétude. Je sais que tu l'as vu de tes propres yeux, Tate, mais je crois que je suis encore dans le déni concernant la culpabilité de Marcus.

— Moi aussi, murmura Aileen avec des sanglots dans la voix.

— Moi aussi, ajouta Chloé.

Blake serra sa sœur et sa mère contre lui.

— J'aimerais pouvoir dire la même chose, dit Tate avec regret. Mais j'ai bel et bien tout vu de mes propres yeux. Ce n'est pas le frère que j'ai toujours connu. Je ne sais pas ce qui lui est arrivé.

Lara prit la main de Tate dans la sienne pour essayer d'apaiser sa souffrance émotionnelle. Tate avait beau l'apprécier, peut-être lui en voulait-il un peu d'avoir détruit sa famille.

Chloé et Aileen offrirent à Tate une douce étreinte, puis Blake annonça vouloir raccompagner sa mère chez elle. Gabe se proposa pour ramener Chloé.

— Quelqu'un doit rester avec Tate, dit Chloé d'un ton catégorique. Il joue peut-être le dur à cuire, mais il va avoir besoin d'aide. Je vais rester avec lui.

— Lara va rester, intervint Tate avant d'embrasser sa sœur sur le front. Est-ce que quelqu'un peut demander au personnel de l'hôtel de récupérer ses affaires et de les amener ici ?

— Gabe et moi allons nous en occuper, dit Chloé en se tournant vers lui pour obtenir confirmation de sa part.

Gabe n'hésita pas à acquiescer d'un hochement de tête.

— Merci, dit Tate avant de prendre un instant pour regarder l'ensemble de sa famille. Cette épreuve ne nous brisera pas. Nous allons la traverser ensemble, ajouta-t-il.

Aileen se redressa.

— Oui. Tu as parfaitement raison.

— Je n'en ai jamais douté, surenchérit Blake.

— On va s'en sortir, affirma Chloé.

— Et vos amis ne vous laisseront pas tomber, intervint Gabe avec une frappe amicale dans le dos de Blake.

Lara était émerveillée par la force collective qui régnait dans la pièce. Il y avait également de la tristesse, mais la résilience de cette famille était palpable. Malgré la souffrance, il apparaissait évident qu'ils parviendraient à traverser cette tempête.

Lara les regarda sortir de la chambre et fermer la porte derrière eux.

— Est-ce que tu vas vraiment rester avec moi ? demanda Tate d'une voix anormalement vulnérable.

Lara avait déjà prévenu son supérieur hiérarchique qu'elle avait besoin de temps pour se remettre de cette mission et pour aider la famille Colter.

— Autant de temps que nécessaire, répondit-elle.

Lara le regarda dans les yeux en regrettant de ne pouvoir absorber une partie de sa souffrance.

— Est-ce que tu étais sérieuse au sujet de cette gâterie ? demanda-t-il avec espoir.

— Quand tu seras guéri, répondit-elle en essayant tant bien que mal de ne pas sourire.

— Non. Quand *tu* seras guérie, répliqua vivement Tate en examinant son visage tuméfié.

Lara se rapprocha de lui et posa doucement sa tête sur son ventre, par-dessus le drap blanc immaculé. Elle se sentait épuisée mais néanmoins reconnaissante que Tate soit toujours en vie.

— J'ai eu peur, avoua-t-elle dans un murmure coupable.

Peut-être ne devrait-elle pas ressentir cette peur en tant qu'agent fédéral, mais elle avait été terrifiée face à la mise en danger de Tate. Lara prenait ce genre de risque chaque jour en faisant son travail et elle était prête à sacrifier sa vie pour sauver celle des autres. Elle était profondément secouée par la peur et la culpabilité ressentie d'avoir impliqué Tate dans cette enquête. Pour elle, il n'était techniquement qu'un civil. Un civil qu'elle avait entraîné avec elle dans une enquête du FBI qui aurait bien pu le tuer.

— Compte tenu de la situation, il faudrait que tu sois totalement folle ou complètement stupide pour ne pas avoir eu peur. Et tu n'es ni l'un ni l'autre, bébé. C'est une réaction naturelle. Tu es la femme la plus courageuse que j'ai jamais connue, dit-il en glissant ses doigts dans ses cheveux ébouriffés pour lui masser le cuir chevelu.

Lara soupira et laissa son corps se détendre pour la première fois depuis le début de la journée, puis elle savoura le lien inexplicable qu'elle partageait avec Tate. Cet instant fut interrompu par l'infirmière qui venait vérifier l'avancement de la perfusion avant de préparer Tate à quitter l'hôpital.

Chapitre 10

— Allais-tu vraiment laisser cette ordure mettre son sexe dans ta bouche ?

Tous deux dans le grand lit de Tate, Lara leva les yeux vers lui. Sa tête était posée sur son abdomen. Après ces derniers jours de folie à traiter avec le FBI pour essayer de démêler cette tentative terroriste, ils avaient enfin passé une journée tranquille. Cela faisait maintenant quatre jours qu'ils étaient rentrés de l'hôpital. Le premier jour chez Tate, tous deux s'étaient endormis immédiatement après s'être mis au lit. Lara n'avait pas cherché à discuter l'idée de dormir ensemble dans la même chambre. En réalité, elle voulait être avec lui, à ses côtés pour entendre sa respiration. C'était devenu une habitude et aucun d'eux n'envisageait de dormir séparément. Le fait d'être blottie dans ses bras chaque nuit semblait presque plus intime que d'avoir des relations sexuelles.

Le lendemain de l'accident fut chaotique. Après cela, leur effort physique le plus intense fut de jouer avec Shep et d'accueillir Chloé et sa mère, qui venaient tous les jours pour prendre des nouvelles d'un Tate encore convalescent.

Blake était déjà retourné à Washington.

— Oui, je l'aurais fait, répondit-elle finalement.

Le regard de Tate devint territorial et il la serra contre lui. Ils avaient parlé de ce qui s'était passé, mais très peu des conséquences émotionnelles sur lui.

La chambre de Tate était illuminée par le feu dans la grande cheminée en pierre située face au lit, mais Lara savait que les étincelles qu'elle voyait dans ses yeux venaient de sa colère, et non des reflets du feu de cheminée.

— Pourquoi ? demanda-t-il d'une voix rauque. Tu savais pourtant que ton équipe était sur le point d'intervenir. Tu aurais pu résister, même avec les mains liées. Il était peu probable que ces ordures te tirent dessus.

— Mais ils t'auraient tué, avoua-t-elle. Je préférais subir un viol que d'attendre qu'ils ouvrent le feu sur toi. J'avais simplement besoin de gagner un peu de temps. Je savais effectivement que l'équipe était en route puisque je les avais alertés avant qu'ils nous attrapent, expliqua-t-elle.

Tate savait déjà tout cela puisqu'ils avaient examiné tous les détails de l'arrestation de Marcus. Néanmoins, c'était la première fois qu'ils se plongeaient dans les conséquences plus personnelles de cette intervention, et cela s'avérait bien plus difficile que d'aborder les faits criminels de cette affaire.

Tate saisit délicatement le menton de Lara et orienta son visage de manière à voir la marque laissée par le terroriste sur son visage. Celle-ci avait cicatrisé et n'était pratiquement plus visible.

— Sais-tu que cela m'aurait tué d'assister à une chose pareille, de voir un homme te violer ?

— Rien ne t'obligeait à le regarder, répondit-elle en prenant sa main pour glisser ses doigts entre les siens.

Lara n'avait pas l'intention d'insister à ce sujet, mais elle avait le sentiment d'avoir fait ce qui était nécessaire.

— J'aurais bien fini par m'en remettre. Tu sais, si je prends un contraceptif, c'est précisément parce qu'il existe toujours un risque d'être violée en tant qu'agent fédéral de sexe féminin. En revanche, si ces hommes t'avaient tué, tu n'aurais jamais eu l'occasion de t'en remettre. Tu serais tout simplement mort. D'autant plus que j'étais entièrement responsable de ta présence chez Marcus ce jour-là. Cela n'aurait jamais dû arriver. Tu es le frère de Marcus.

— Hey. Ça suffit, dit-il d'un ton ferme. Crois-tu vraiment que je t'en veux ?

— Tu devrais. Je comprendrais que tu puisses en vouloir à la femme qui a brisé ta famille, dit-elle en baissant les yeux afin de ne pas avoir à regarder son visage.

Tate glissa tendrement sa main sur ses cheveux.

— Tu n'as pas brisé ma famille. Bon Dieu, Lara. Comment pourrais-je t'en vouloir de faire ton travail ? Crois-tu que j'aurais accepté de voir des innocents mourir juste pour protéger mon frère ?

Ne pouvant s'en empêcher, Lara leva à nouveau les yeux pour le regarder.

— Non, répondit-elle avec honnêteté face à la fermeté de son regard.

— J'ai beau aimer mon frère, ce qui lui est arrivé est une bonne chose. Contrairement à Marcus, tu n'as fait aucun mal à ma famille. En réalité, je suis content qu'il ait été arrêté avant que des vies soient perdues. Ma mère est dévastée, mais elle n'aurait pas supporté que son fils devienne un tueur de masse.

Il ne me déteste pas. Il ne m'en veut pas. Il ne tient pas pour responsable de ce qui est arrivé. Cet homme est incroyable.

— Merci de ne pas m'en vouloir.

— Ce. N'était. Pas. Ta. Faute, insista Tate. Bon Dieu, tu étais prête à laisser un criminel te violer rien que pour me sauver la vie.

— Comment as-tu fait pour désarmer les terroristes et t'emparer d'un fusil d'assaut ? demanda-t-elle.

— Grâce à un savant mélange de désespoir et d'entraînement, grogna-t-il. Il était hors de question que cet homme te touche. Il aurait d'abord fallu me tuer.

Lara sentit con cœur palpiter face à la véhémence de cette explication. Personne ne s'était jamais montré aussi protecteur avec elle. Certes, les agents de son équipe étaient aussi ses amis et ils la protégeaient autant que possible. Mais aucun d'eux ne manifestait un tel désir de veiller à son intégrité physique.

— Je ne te voulais pas mort.

— Alors comment me voulais-tu ? demanda-t-il.

— Exactement tel que tu es maintenant, dit-elle.

Tate était actuellement vêtu d'un pantalon de pyjama en flanelle et ses cheveux ébouriffés à cause du bonnet qu'il portait pour aller promener Shep faisaient de lui le rêve érotique de n'importe quelle femme. Son corps était dur comme de la pierre et son regard vif et pétillant faisait irrésistiblement, incroyablement et indéniablement de lui l'homme le plus sexy du monde. Tate Colter serait toujours un peu trop arrogant, orgueilleux et sauvage. Lara l'aimait ainsi parce qu'il était également gentil, doux et attentionné : des traits de caractère qui étaient cachés sous une épaisse carapace. Il était parfois très énigmatique, mais Lara avait le sentiment de le comprendre tous les jours un peu mieux.

Parce que nous nous ressemblons tellement.

Rien ni personne n'éveillait ses instincts féminins comme Tate. Lara avait passé des années à se montrer dure, à essayer de suivre le rythme dans une profession dominée par les hommes. En tant que femme, elle ne pouvait pas se permettre d'être autre chose que froidement professionnelle et meilleure que tout le monde. Cela faisait bien trop longtemps qu'elle ne vivait plus que pour son métier.

Je veux vivre pour moi. Au moins pendant un petit moment.

Lara se redressa et prit appui sur ses coudes afin de mieux regarder le corps parfaitement sculpté de Tate. La chemise de nuit en flanelle qu'elle portait était loin d'être sexy, pourtant il la regardait comme un adolescent devant la page centrale du magazine *Playboy*.

— Quand nous étions à l'hôpital, je t'ai fait une promesse que j'aimerais maintenant honorer, dit-elle avec séduction tout en glissant ses doigts sur son torse musclé.

Depuis qu'elle lui avait fait cette promesse, Lara mourait d'envie de poser ses mains sur cet homme et de lui donner autant de plaisir que possible.

— Il ne se passera rien tant que ton visage ne sera pas entièrement guéri, affirma-t-il.

— Ce n'est plus douloureux, assura-t-elle.

Lara adorait voir le désir dans les yeux de Tate.

— Dans ce cas, embrasse-moi, la défia-t-il tout en glissant des doigts dans sa chevelure.

En prenant soin de ne pas s'appuyer sur son torse, elle se pencha vers lui et le laissa guider sa bouche jusqu'à la sienne. Lara avait beau être l'instigatrice, Tate prit immédiatement le contrôle. Il embrassa, lécha et mordilla ses lèvres et la taquina avec sa langue. Lara gémit contre ses lèvres. Sa langue s'amusa joyeusement avec la sienne.

Elle se rendit à lui sans lutter. Elle lui offrit sa bouche qu'il vénéra avec tendresse et domination. Lara sentit son corps s'embraser. Le désir qui s'empara d'elle était si intense que l'ensemble de son corps se mit à trembler.

C'est exactement ce que doit être un baiser.

Cela devrait systématiquement assaillir ses sens et bouleverser son existence.

Lentement, elle glissa sa main le long de son abdomen en prenant le temps d'explorer le relief de sa musculature parfaitement définie. Enfin, elle tira le cordon qui maintenait son pantalon de pyjama autour de sa taille, impatiente de toucher une partie plus intime de son anatomie.

Tate arracha sa bouche de la sienne.

— Lara, non. J'ai beaucoup trop envie de toi maintenant et ton visage n'est pas totalement guéri.

— Je n'ai pas besoin de mon visage, ronronna-t-elle. Juste de ma bouche. Et tout va bien. Les gonflements ont disparu et je n'ai plus mal.

Tate ne portant pas de sous-vêtements, Lara put immédiatement poser sa main sur son énorme membre en érection. Elle se mit à genoux et tira sur son pantalon.

— Je veux que tu sois entièrement nu, dit-elle hardiment.

Désireuse de se débarrasser de tous les textiles qui les séparaient, elle s'empressa d'ôter sa propre chemise de nuit pour révéler son corps nu. Son assurance chancela lorsqu'elle entendit un grognement sourd provenant de Tate. En regardant son visage, elle ne vit que du désir et il la dévorait du regard.

Elle tira sur son pantalon, encore plus impatiente de sentir la preuve de son excitation. Une fois libérée du vêtement, sa verge bondit fièrement. Tate souleva ses hanches pour l'aider à glisser le pantalon le long de ses jambes.

— Ma jambe est couverte de cicatrices, la prévint-il.

Le corps de Tate était orné de plusieurs petites cicatrices, mais celles-ci témoignaient de sa carrière dans les forces spéciales et lui donnaient des airs de guerrier, le rendant encore plus attirant. Bien que Lara ne puisse s'empêcher d'imaginer la douleur que chacune de ces cicatrices avait dû lui valoir, celles-ci ne le rendaient pas moins désirable. Elles faisaient partie de lui. Et à ses yeux, Tate était au-delà même de la perfection.

Face à la cicatrice sur sa jambe, Lara haleta en le débarrassant pour de bon de son pantalon qu'elle jeta au sol.

— Oh mon Dieu, ça a dû faire un mal de chien, dit-elle en glissant tendrement ses doigts sur la cicatrice.

Tate changea de position afin de placer sa jambe meurtrie sous les couvertures, mais Lara l'en empêcha et embrassa ses cicatrices tout en remontant le long de sa jambe.

— Ne te cache pas. Il n'y a pas une seule chose chez toi que je ne trouve pas incroyablement sexy, lui dit-elle d'une voix tremblante. Tate s'était fait ces cicatrices en sauvant des vies, en se battant pour son pays et sans doute en accomplissant des missions incroyablement risquées.

— Tu es mon héros, Tate Colter, dit-elle en posant sa main sur son érection.

— Doux Jésus, Lara. Tu vas me tuer, grogna-t-il d'une voix tourmentée.

Lara lui sourit malicieusement tout en abaissant la tête.

— Alors je vais devoir te ramener à la vie.

Elle avait beau s'en être vantée auprès de Tate pour le pousser à rester à l'hôpital, Lara n'avait pas beaucoup d'expérience avec ce genre de pratique. Son instinct prit le dessus et elle passa à l'action. Elle ferma les yeux pour mieux savoureux sa masculinité et, après avoir joué un instant avec le sommet de son sexe, elle décida de le mettre dans sa bouche. Son érection était si imposante qu'elle comprit d'emblée qu'il lui serait physiquement impossible d'avaler toute sa longueur. Elle enroula ses doigts à la base de sa verge et synchronisa les mouvements de sa main avec ceux de sa bouche.

Lara sentit son entrejambe s'inonder en entendant Tate pousser un grognement de plaisir. Encouragée, elle accéléra le rythme.

— Bon sang, Lara. Je vais exploser, dit Tate.

Il glissa ses doigts dans ses cheveux et l'incita à continuer avec davantage de vigueur.

Après quelques instants, il lâcha la tête de Lara pour lui permettre de reprendre son souffle, mais elle ne s'interrompit pas. Au lieu de cela, elle essaya de le prendre aussi profondément que possible. C'est à cet instant que Tate lâcha prise et jouit dans sa bouche tout en criant son nom d'une voix rauque et puissante.

— Lara !

Sa respiration était lourde et irrégulière et l'ensemble de son corps devint raide.

— Bon sang, tu avais raison. Je ne suis pas près d'oublier ça, haleta-t-il.

Tate se redressa et retourna Lara sur le dos.

Elle leva les yeux vers lui avec surprise. Ce changement de position fut si rapide et si fluide qu'elle ne l'avait même pas vu venir.

— Qu'est-ce que tu fais ? demanda-t-elle lorsque Tate plaqua ses mains contre le matelas, au-dessus de sa tête.

Ses yeux brillaient comme de l'argent à l'état liquide. Son corps massif recouvrait désormais le sien.

— J'ai besoin de te voir jouir maintenant, bébé. J'ai besoin de t'entendre gémir de plaisir pendant que je savoure ce que tu as de plus intime, dit-il avant de glisser une main entre eux pour caresser sa vulve.

Lorsque ses doigts entrèrent en contact avec son désir humide, il laissa échapper un grognement satisfait.

— Est-ce que c'est le fait de t'être occupée de moi qui t'a mise dans un tel état d'excitation ?

— Oui, souffla-t-elle.

L'ensemble de son corps tremblait d'un désir si puissant qu'elle en avait du mal à respirer.

— Bien. Parce que je vais en profiter, dit-il avant de l'embrasser.

Sa nature de mâle dominant refit surface. Tout en lui tenant fermement les poignets, il l'embrassa passionnément comme s'il la possédait.

— Attention à ta blessure, lui dit Lara lorsque Tate abandonna ses lèvres pour glisser sa langue contre la peau sensible de son cou.

— Bébé, ce sera parfaitement indolore pour nous deux, répondit-il. Tout ce que je veux, c'est te donner du plaisir jusqu'à ce que tu ne penses plus qu'à moi.

Le son de sa voix ne fit qu'attiser son excitation. Tate était dans son élément, fidèle à sa nature, et sa passion brute portait le désir de Lara au point d'ébullition. Elle pouvait le laisser prendre le contrôle de son corps et lui donner du plaisir jusqu'à ce qu'elle en perde l'esprit. Il ne lui restait plus qu'à se détendre, à se laisser aller à ses caresses ainsi qu'à toutes les sensations qu'il lui procurait.

Tata lâcha ses poignets afin de se concentrer sur sa poitrine. Avec sa bouche, il taquina un de ses mamelons dressés d'impatience.

— Ils sont parfaits, grogna-t-il.

Il prit ses seins entre ses grandes mains et les caressa délicatement jusqu'à ce que ce soit trop intense pour elle.

— J'ai besoin de toi, gémit-elle en s'agrippant aux draps et en cambrant le dos. Prends-moi, Tate.

— Crois-moi, bébé, j'en ai l'intention. Sois patiente, répondit-il avant de couvrir son ventre de baisers. Je veux d'abord commencer par te conquérir.

Le ton de sa voix lui donnait l'impression que Tate ne pourrait jamais se lasser d'elle. N'importe quel autre homme manifestant un tel intérêt pour elle serait presque effrayant. Mais pas Tate. Lara n'avait jamais peur de Tate. Il se montrait protecteur et bienveillant, possessif et vulnérable, dur et tendre. Sa personnalité autoritaire faisait partie de lui. Lara comprenait cela. Elle était ravie de s'abandonner à lui et de mettre son cerveau sur pause pendant un moment. Elle lui faisait confiance, elle le comprenait, et cela faisait toute la différence dans la façon dont elle réagissait à ses paroles.

Lara poussa un soupir de soulagement lorsque Tate se positionna enfin entre ses cuisses. Elle frémit d'impatience en sentant son souffle chaud entre ses jambes.

— Tu vas finir par me tuer, gémit-elle à son tour.

Tate prit les mains de Lara et la plaça sur ses seins.

— Caresse-toi, bébé.

Tout signe de retenue avait disparu. Elle était désormais prête à tout pour que son corps soit stimulé. Ainsi, elle n'hésita pas à se caresser la poitrine et à se pincer les mamelons pour essayer d'apaiser le désir qui la rongeait de l'intérieur.

— Tu es si belle comme ça, grogna Tate. Ton excitation est palpable et ta volonté de me laisser te satisfaire est palpable aussi.

— Oui. Alors vas-y, bon sang. J'ai envie de toi, dit-elle.

— Il est temps de te libérer, répondit Tate.

Lara ne put s'empêcher de soulever ses fesses du matelas en sentant la bouche de Tate entrer en contact avec sa vulve. Sa façon de l'explorer avec sa langue était à l'image de tout ce qu'il entreprenait dans la vie : sa concentration et sa dévotion étaient totales. Son assaut sensuel était érotique et charnel. Ses lèvres, ses dents, sa langue et son nez étaient complètement enfouis entre ses jambes. Avec ses mains, il poussait délicatement sur ses cuisses pour jouir d'un meilleur accès à son intimité. Il glissa sa langue de bas en haut, le long de sa chair tendre et rose, encore et encore, effleurant systématiquement son clitoris.

— Oh. Mon. Dieu, gémit-elle.

Lara n'avait jamais rien ressenti d'aussi intense que la bouche de Tate entre ses cuisses. Elle ôta ses mains de sa poitrine pour agripper les cheveux de Tate.

— Oui, oui, oui, cria-t-elle.

L'ensemble de son corps réagit à ce qu'il lui faisait ; les parois de son vagin se contractèrent douloureusement.

Tate se concentra alors sur son clitoris tout en glissant doucement deux doigts en elle. Il appuya habilement sur son point G, le massa, puis retira ses doigts de son vagin avant d'y retourner, encore et encore.

Lara cambra le dos et agita sa tête sur l'oreiller tandis que Tate synchronisait le rythme de ses coups de langue avec celui des mouvements de ses doigts.

— Tate, je ne vais pas tenir. Je ne peux pas, gémit-elle.

Lara était sur le point de perdre le contrôle de son anatomie, prête à exploser.

Elle poussa un petit cri lorsque Tate glissa une main sous ses fesses. Lara était si mouillée qu'il profita de cette lubrification naturelle pour taquiner un autre orifice.

Son cerveau avait beau être hors service, elle comprit que Tate voulait tester ses limites. Tate continua. Les sensations qu'il lui offrait étaient nouvelles et intenses. Lara ne semblait avoir aucune frontière avec lui. Elle était sur le point d'exploser.

L'énergie qui grandissait en elle se libéra, donnant naissance à une tornade. Son corps se mit à convulser de façon involontaire et incontrôlée.

— Tate ! cria-t-elle vers le plafond.

Ce cri se transforma en un long gémissement de plaisir. Lara faisait l'expérience d'un orgasme comme elle n'en avait jamais connu auparavant. Elle agrippa ses cheveux tandis que les parois de son vagin se contractaient vigoureusement autour de ses doigts. Paralysée par les spasmes, elle surfa la vague de son orgasme sans savoir quand celui-ci arriverait à son terme.

Entre ses cuisses, Tate grogna de satisfaction tandis que Lara subissait les dernières ondes de choc. Il glissa ses mains sur son corps. Tous deux étaient maintenant luisants de transpiration.

Tate se positionna au-dessus d'elle, puis il l'embrassa. D'abord brutalement, puis tendrement. Lara sentit le goût de sa propre jouissance sur les lèvres de Tate. Elle passa ses bras à son cou et savoura la sensation de son corps chaud et exigeant contre le sien.

Son sexe la pénétra avant même que ses lèvres ne quittent les siennes. Il s'enfouit en elle de toute sa longueur.

Lara gémit. La sensation était si délicieuse qu'elle ne put s'empêcher d'enfoncer ses ongles courts dans son dos.

— Oh oui. Tu es à moi. Tu es à moi, bébé. Rien que pour moi, dit-il vivement en restant enfoui aussi profondément que possible en elle.

Lara enroula fermement ses jambes autour de sa taille afin de le maintenir bien en place.

— Rien que pour toi, haleta-t-elle.

Lara n'avait jamais ressenti cela avec un homme. Et elle ne le ressentirait probablement jamais avec aucun autre homme que Tate. Chaque action, chaque mouvement était élémentaire et sauvage. Son corps était entièrement ouvert à lui. Elle l'accueillait afin qu'ils ne fassent plus qu'un.

— Prends-moi. S'il te plaît, dit-elle.

Son corps tremblait de désir.

Tate se retira presque entièrement d'elle, puis il la pénétra à nouveau avec force.

— J'ai tellement envie de toi, déclara-t-il.

Le ton de sa voix était à la fois bestial et vulnérable.

Lara caressa son dos de haut en bas et sentit les frémissements de son corps massif. À nouveau, Tate se retira d'elle avant de la pénétrer en un mouvement rapide et vigoureux qui satisfaisait momentanément le désir de Lara.

— Oui. Plus fort, gémit-elle.

Lara voulait désormais qu'il accélère la cadence. Elle voulait que cet instant soit la confirmation qu'ils étaient tous deux bel et bien en vie après ce qui s'était passé quelques jours plus tôt. Tate ajusta sa position et son érection appuya alors contre la zone sensible en elle qui déclencha un nouvel orgasme.

Lara s'agrippa à lui et souleva son bassin pour mieux recevoir chacun de ses coups de reins. Les parois de son vagin se contractèrent à nouveau, cette fois autour de sa verge.

— Voilà, ma chérie. Laisse-toi aller. Jouis pour moi, exigea-t-il sans cesser de la pénétrer.

Enfin, Tate poussa un grognement et s'enfouit en elle une dernière fois en trouvant sa propre délivrance.

Ils jouirent simultanément, leurs corps enlacés et couverts de sueur. Tate se laissa tomber à côté d'elle, mais il laissa une de ses jambes entre les cuisses de Lara. Il enroula ses bras autour de son corps, glissa ses doigts dans ses cheveux et maintint sa tête de manière protectrice contre son torse.

Lara s'appuya contre lui. Son souffle était encore lourd et son corps était complètement repu. Elle savait que Tate venait de changer sa vie de manière irrévocable.

— Je ne savais pas que cela pouvait être aussi intense, avoua-t-elle.

— Moi non plus, concéda Tate.

Il la poussa délicatement à relever la tête, puis il déposa un doux baiser sur ses lèvres, un baiser qui fit trembler son cœur d'une émotion qu'elle ne reconnut pas immédiatement. Il fallut quelques instants à Lara pour comprendre qu'il s'agissait d'une émotion qu'elle n'avait pas ressentie depuis bien longtemps : le bonheur.

Chapitre 11

Tate savait qu'il était foutu.

Le lendemain matin, il observa Shep renifler consciencieusement la lisière des bois à la recherche de l'endroit parfait où faire ses besoins. Tate tenait sa laisse sans y exercer de force, laissant le chiot explorer son environnement.

Elle finira par partir. Elle n'a rien à faire ici.

Malheureusement, Tate voulait que Lara reste ici. La voir partir lui briserait littéralement le cœur. Son estomac se nouait déjà à chaque fois qu'il pensait à Marcus. Il n'arrivait toujours pas à accepter les méfaits de son frère aîné. Alors si en plus Lara partait pour retourner à Washington, il serait anéanti.

Il n'avait jamais vraiment réalisé à quel point il se sentait seul avant de la rencontrer, Tate ayant toujours préféré être seul. Maintenant, il devait bien l'admettre…quelque chose de vital manquait à sa vie, et ce *quelque chose* était en réalité *quelqu'un* – Lara.

Le simple fait de la voir s'agenouiller devant cette ordure de terroriste, prête à tout pour lui sauver la vie, l'avait profondément ému. Dieu sait ce qu'il aurait fait s'il avait dû la regarder se faire violer. Il était pratiquement devenu fou en voyant ce criminel poser ses mains sur elle.

C'est une femme forte.

Oui, cette femme était indestructible, ce qui ne l'empêchait pas de s'abandonner à lui lorsqu'ils étaient au lit. Lara était une séductrice, mais pourtant si innocente à bien des égards. Cette personnalité complexe la rendait irrésistible aux yeux de Tate. Lara lui donnait envie d'explorer chaque partie de son anatomie, avidement et complètement. En réalité, il avait désormais besoin d'elle comme d'une drogue. Il avait même eu du mal à sortir du lit qu'il partageait avec elle pour aller promener Shep.

Je ne savais pas que cela pouvait être aussi intense.

Tate pouvait encore l'entendre prononcer ces mots. Bon sang, il n'avait lui non plus jamais rien connu de tel alors qu'il avait probablement beaucoup plus d'expérience qu'elle. Il avait connu de nombreuses femmes, mais aucune de ces rencontres n'arrivait à la cheville de qu'il vivait actuellement avec Lara.

Peut-être que mon obsession finira par cesser si j'ai suffisamment de rapports sexuels avec elle.

Tate rejeta aussitôt cette pensée. Lara était une addiction pour lui. Plus il en consommait, plus il en voulait.

Il poussa un soupir masculin tandis que Shep trouva enfin son coin pipi. Il faisait horriblement froid aujourd'hui, mais le vol serait probablement agréable grâce au soleil et au ciel dégagé. Tate avait promis à Lara de l'emmener à Denver pour déposer des rapports dans les locaux du FBI. À vrai dire, il était prêt à faire n'importe quoi pour qu'elle reste ici plus longtemps. Lara lui avait dit qu'elle pourrait très bien s'y rendre en voiture, mais Tate privilégiait toujours l'avion. En plus d'être plus rapide – surtout en hiver avec les routes enneigées – il préférait le confort de l'avion.

Shep termina de faire ses besoins, puis il fendit la neige avec ses petites pattes pour retourner vers la maison.

Bon chien. Il fait un froid glacial.

Une fois de retour à l'intérieur, il constata que Lara était debout et vraisemblablement femme de mauvaise humeur. Tate lâcha Shep et accrocha la laisse à son crochet. Le chiot se précipita immédiatement vers Lara. Elle se baissa pour le prendre dans ses bras, puis elle le serra contre sa poitrine.

Ce chien ne réalise pas la chance qu'il a.

— Tu es tout froid, dit-elle tendrement tout en le caressant.

Lara avait à nouveau revêtu la robe de chambre de Tate et, en la voyant, un sentiment de satisfaction possessive s'empara de lui. Il appréciait de voir ses vêtements envelopper son corps.

— Qu'est-ce qui se passe ? demanda-t-il, inquiet de la voir si pensive.

— Tu as une jeep chasse-neige, n'est-ce pas ? demanda-t-elle en levant un sourcil.

Oh, bon sang. Pris en flagrant délit !

— Oui. Dans l'autre garage.

— Alors, explique-moi pourquoi j'étais coincée ici alors que tu aurais pu me ramener à la station sans difficulté ?

Tate n'avait pas l'intention de lui mentir. Elle semblait déjà bien assez en colère.

— Parce que je voulais que tu restes ici. Nous étions en plein blizzard, Lara. Même avec un bon véhicule, il aurait été dangereux de sortir ce soir-là, expliqua-t-il en omettant de préciser qu'il était déjà sorti dans des conditions bien plus difficiles que ce soir-là.

En vérité, il voulait tout simplement que Lara passe la nuit chez lui. Et ce soir-là, braver le froid juste pour la ramener à la station lui semblait parfaitement inutile.

— Tu étais blessée, ajouta-t-il.

Lara croisa les bras.

— Tu aurais pu me le dire, dit-elle d'un air déçu.

Bon Dieu. Sa déception était pire que sa colère.

— J'aurais pu, concéda-t-il prudemment.

Je n'aime pas les mensonges, Tate, quels qu'ils soient.

Tate n'aimait pas trop les mensonges non plus, surtout entre lui et Lara. Il comprenait donc parfaitement son point de vue.

— Je n'ai pas vraiment menti. Je ne t'ai tout simplement pas parlé de ma Jeep chasse-neige.

— C'est un mensonge par omission, Colter, lui fit-elle remarquer sévèrement. Si tu ne m'en as pas parlé, c'est parce que tu ne voulais pas que je le sache.

Lara avait raison.

— Je suis désolé. Moi aussi j'apprécie l'honnêteté. J'aurais fini par t'en parler.

— Que ça ne se reproduise pas, lui dit-elle à la manière d'une institutrice sévère et autoritaire.

Lara reposa Shep au sol, puis elle entra dans la cuisine sans rien dire de plus.

Curieux, Tate la suivit. Il la regarda alors s'affairer à la préparation du petit déjeuner.

— Je ne te mentirai plus jamais, Lara, dit-il.

Tate était plus sincère que jamais. Maintenant qu'il la connaissait mieux, il ne voulait plus jamais rien lui cacher.

— Bien, dit-elle avec un hochement de tête avant de continuer à préparer le petit déjeuner.

— C'est tout ? s'étonna-t-il.

Lara n'avait donc pas l'intention de l'engueuler ?

— C'est tout. Je me suis exprimée et je te fais confiance. D'autant plus que tu m'as probablement sauvé la vie, ou du moins tu m'as épargné d'avoir à toucher ce terroriste dégoûtant. Et tu es presque outrageusement parfait. J'imagine donc que tu as droit à une erreur.

— Presque parfait ? Et que me manque-t-il pour être absolument parfait ? demanda-t-il.

Dieu qu'il aimait quand Lara le taquinait.

Lara se tourna vers lui et fit semblant de l'examiner un instant.

— Tu pourrais apprendre à cuisiner, répondit-elle avec malice.

Tate s'approcha d'elle et lui gifla les fesses, rien que pour entendre son petit cri mignon.

— Bébé, personne ne mérite de manger une de mes préparations, répondit-il.

Néanmoins, il était prêt à faire des efforts pour elle. Il serait injuste qu'elle s'occupe toujours des repas.

— Mais je connais tous les bons restaurants du Colorado et je peux nous y conduire rapidement. Tu n'es pas obligée de cuisiner.

— Je suppose que c'est une solution valide, acquiesça-t-elle.

— Je t'emmènerai où tu veux, dit-il en déposant un baiser délicat sur sa tempe où il en profita pour inhaler son odeur enivrante.

— J'ai besoin d'aller à la station après le petit déjeuner. J'ai dit à Chloé que je la retrouverai à la salle de sport. J'espère qu'il n'y aura pas trop de monde d'ici là.

Tate grogna.

— Chloé m'a dénoncé, n'est-ce pas ? demanda-t-il.

C'est sa sœur qui avait parlé de la Jeep chasse-neige à Lara.

— Ce n'était pas volontaire. C'est juste arrivé par hasard au cours d'une conversation, répondit Lara tout en cuisant le bacon.

— Pourquoi vas-tu là-bas ?

— J'ai promis à Chloé de lui apprendre quelques mouvements d'autodéfense.

— La salle de sport est souvent vide en hiver. Les clients font de l'exercice en skiant. Personne ne veut être à l'intérieur quand la neige est fraîche.

— Ce n'est pas mon cas, lui fit-elle remarquer.

— Si je t'apprends à skier, tu ne pourras plus t'en passer, dit Tate. Sa personnalité aventureuse apprécierait probablement les sports d'hiver avec l'aide d'un bon moniteur.

— Je crois que je préfère rester devant un feu de cheminée à faire... autre chose, dit-elle innocemment avant de se retourner pour passer ses bras à son cou.

— Je pense que si je te montre tous les avantages de la vie d'intérieur, tu ne pourras plus t'en passer, badina-t-elle.

Tate l'embrassa et avoua volontiers qu'elle avait probablement raison, surtout en sa compagnie.

— Je crois que je maîtrise déjà les fondamentaux, mais serait-il possible de nous entraîner encore un peu ? demanda Chloé tout en marchant lentement sur le tapis de course.

De son côté, Lara avait réglé son tapis au rythme de course, mais elle n'était pas encore essoufflée.

— Bien sûr. Nous pouvons répéter les mouvements jusqu'à mon départ.

Elles avaient passé la séance à pratiquer les techniques de base en matière d'autodéfense, après quoi Lara s'était emparée d'un tapis de course pour boucler son sport quotidien. Malheureusement, elle avait remarqué de nouveaux bleus sur le corps de Chloé, ce qui n'avait pas manqué de l'alarmer.

— Chloé, est-ce que James te fait du mal ? demanda-t-elle.

Elle n'avait pas d'autre choix que de demander. Sa conscience l'empêchait d'ignorer l'évidence.

Chloé répondit à sa question sans la regarder.

— Non. Bien sûr que non. Notre mauvaise séance d'arts martiaux était un accident. Il était impatient. Et il est très stressé en ce moment.

— Tu as des bleus que tu n'avais pas, lui fit remarquer Lara.

— Je suis maladroite, s'empressa-t-elle de répondre. Je tombe et me cogne sans arrêt. Il ne faut pas grand-chose pour que ma peau devienne bleue.

Lara savait que ses interrogations mettaient la sœur de Tate sur la défensive, alors elle répondit simplement.

— Si jamais tu as besoin de parler, sache que je suis là, dit-elle. Il est parfois plus facile de parler à une femme qu'à un homme.

Cela n'avait pas échappé à Lara que Chloé ne faisait jamais appel à James quand elle avait besoin de lui. Pendant cette crise familiale, il serait pourtant normal qu'il soit présent pour la rassurer.

— Merci, répondit Chloé avec détachement. Mais ça va aller. J'imagine que toutes les relations passent par des phases un peu difficiles, dit-elle.

Elle s'interrompit un instant, puis repris.

— Bon Dieu, est-ce que tu te tortures comme ça tous les jours ?

Lara voulait bien lui accorder que la plupart des relations avaient des hauts et des bas, mais Chloé semblait être confrontée à des difficultés plus sérieuses.

— Oui. Je n'ai pas le choix, je dois m'entraîner tous les jours. Non seulement je dois être en bonne condition physique pour mon travail, mais j'aime beaucoup trop manger.

— Moi aussi, soupira Chloé. Mais le simple fait de sentir l'odeur du chocolat me fait grossir.

— Tu n'es pas grosse, Chloé, lui dit Lara d'un ton catégorique.

Elle était en colère qu'un homme puisse lui faire croire une chose pareille alors qu'elle était en réalité vraiment magnifique.

— James n'aime pas trop les femmes rondes.

— Alors, débarrasse-toi de lui et trouve quelqu'un d'autre, dit-elle avec véhémence. Et ce beau cowboy avec qui tu étais l'autre jour ?

— Gabe ? rougit Chloé. Ce cowboy est milliardaire et il n'est qu'un ami de la famille. Il est surtout proche de Blake et nous ne nous entendons pas très bien.

— Je crois qu'il t'aime bien, contesta Lara tout en ralentissant la vitesse de son tapis de course.

— Je ne pense pas. Il est juste du genre à plaisanter. Je n'aime pas ça.

Lara avait surtout le sentiment que Chloé ne le croyait pas lorsqu'il lui faisait un compliment.

— Il avait l'air plutôt inquiet quand Marcus a été arrêté et que Tate a été blessé.

— Il s'est montré bienveillant, avoua Chloé avant d'arrêter son tapis de course pour en descendre. Mais ça n'a pas duré très longtemps, ajouta-t-elle.

Ne semblant pas très à l'aise, Chloé changea de sujet.

— Est-ce que tu tiens à Tate ?

À son tour, Lara se sentit un peu mal à l'aise.

— Oui. Il m'a beaucoup aidée. Il est très courageux et j'ai beaucoup d'admiration pour lui.

Et il est tellement sexy que j'ai constamment envie de lui. Mais Lara se garda de partager cette information avec la sœur de Tate.

Chloé leva les yeux au ciel.

— Tu vois très bien ce que je veux dire. Est-ce qu'il te plaît ?

Lara rougit.

— Il est séduisant, mais je le connais à peine, répondit-elle.

À vrai dire, elle le connaissait de façon intime, mais seulement depuis peu de temps.

— Il est si seul depuis son accident. C'est l'une des raisons pour lesquelles je voulais qu'il adopte Shep.

— Tate adore ce chiot, lui dit Lara tout en descendant de son tapis de course. S'il te dit le contraire, ne le crois pas.

— Je le sais bien. Il a beau se plaindre de Shep, personne ne pourrait le lui enlever, sourit-elle.

Chloé s'assit sur une chaise située près des tapis de course.

Tate avait raison : la salle de sport était vide.

— Il est anéanti à propos de Marcus même s'il ne le montre pas, tu sais, dit Chloé avec tristesse. Je crois que nous le sommes tous. Maman refuse toujours de croire que Marcus est coupable de quoi que ce soit.

Un sentiment de culpabilité frappé Lara de plein fouet.

— Je suis désolée, Chloé.

— Tu n'as aucune raison de l'être. Tu faisais ton travail, répondit-elle en la regardant dans les yeux.

Bon Dieu. Chloé ressemblait tellement à Tate.

— Merci, dit Lara.

Elle prit une serviette propre pour essuyer son visage couvert de sueur, puis les deux femmes ramassèrent leurs affaires avant de se diriger vers les douches.

— Est-ce que tu as un petit ami à Washington ? demanda sournoisement Chloé.

— Non. Cela fait des années que je n'ai pas eu de compagnon.

— Qu'est-il arrivé au dernier ? demanda-t-elle avec curiosité.

— Il m'a trompée, répondit Lara.

Étrangement, elle ne pensait plus du tout à lui et à ses actions. Peut-être parce qu'il ne méritait pas sa colère. Le petit ami infidèle l'avait humiliée, mais il n'avait jamais vraiment touché ses émotions comme Tate était capable de le faire.

— Je n'ose imaginer à quel point cela doit être douloureux. Tu sais, Tate est très fidèle et loyal.

Lara ne put s'empêcher de sourire face à la stratégie rusée de Chloé.
— Tate vit dans le Colorado. Je vis à Washington. Cela constitue un problème géographique de taille.

Chloé haussa les épaules.

— Tate est un pilote.

— Comme je l'ai dit, nous nous connaissons à peine, insista Lara tout en s'approchant des vestiaires.

— Tu dois bien admettre qu'il est beau comme un Dieu, dit Chloé avec fierté.

En repensant à la façon dont Tate faisait les choses, y compris la manière dont il avait désarmé trois hommes à la fois avant d'abattre son agresseur, Lara n'avait d'autre choix que de répondre :

— En effet.

Qualifier Tate de beau était en réalité un euphémisme. Il était à couper le souffle, surtout lorsqu'il était nu, mais Lara garda cette information pour elle.

Même si Tate voulait aller plus loin dans cette relation, elle ne pouvait pas rester dans le Colorado. Sa vie et sa carrière étaient à Washington. Elle ne voulait donc pas que Chloé se fasse une fausse joie.

— J'espère que nous pourrons rester en contact, ajouta-t-elle en essayant de donner l'impression que quitter Tate ne serait pas un problème.

— Oh, j'en suis certaine, dit Chloé avec un sourire mystérieux. Combien de temps penses-tu rester ici ?

— Au moins une semaine de plus, répondit Lara, ne sachant trop combien de temps son patron lui permettrait de rester ici.

Elle devrait être tranquille pour au moins une semaine de plus avant qu'il ne commence à la harceler pour qu'elle revienne au travail.

Chloé hocha la tête.

— Cela devrait être suffisant, dit-elle avant d'entrer dans les vestiaires.

Lara secoua la tête, ne sachant trop ce que Chloé voulait dire par là, puis elle la suivit dans les vestiaires.

C'était l'une des expériences les plus terrifiantes de ma vie, et je travaille pourtant pour le FBI, marmonna Lara d'un ton taquin alors que Tate posait son hélicoptère sur l'aire d'atterrissage.

Tate pilotait son hélicoptère exactement comme il manœuvrait une motoneige : à toute allure, son seul objectif étant la vitesse.

— Sache que je suis l'un des meilleurs pilotes d'hélicoptère au monde, répondit-il avec orgueil comme s'il était offensé. Je t'avais bien dit que l'aller-retour pour Denver serait rapide.

— Depuis combien de temps es-tu pilote ? demanda-t-elle en ôtant son casque.

Lara était montée à bord de nombreux hélicoptères. Elle voyait donc que Tate était très doué. Il pilotait avec tant d'assurance qu'elle n'avait pas vraiment eu peur. Elle se sentait en confiance. Mais Lara trouvait cela amusant de le taquiner sur sa façon virile de faire les choses.

— Depuis que je suis un adulte, répondit-il. J'ai obtenu mon brevet de pilote juste après mon permis de conduire.

— Est-ce que tu pilotes autre chose ?

— Tout ce qui vole, bébé, répondit-il avec un sourire satisfait.

— Tu n'as donc recruté personne ? Tu pilotes tous tes appareils toi-même ?

— Oui. Je me sens bien plus à l'aise quand je suis aux commandes.

— Zut. J'imagine que je n'ai donc aucune chance de rejoindre le mile-high club, plaisanta-t-elle en veillant à paraître déçue tout en détachant sa ceinture.

Tate passa alors sur la banquette arrière si vite que Lara n'eut pas le temps de le voir bouger.

— Viens ici. Je serais plus que ravi de te permettre de rejoindre ce club, dit-il.

Toujours assise à l'avant de l'appareil, Lara se tourna vers lui. Tate était installé à l'arrière, les mains posées sur son abdomen.

— Nous ne sommes pas en vol, dit-elle en le regardant avec envie. La température de son corps monta d'un cran à l'idée de le chevaucher ici, tout de suite, et de s'emparer de ce qu'elle voulait. Elle se fichait pas mal du mile-high club, mais elle avait très envie de lui. Elle avait toujours envie de lui. Très envie de lui. C'en était presque douloureux.

— Je crois bien que la règle exige d'avoir des relations sexuelles dans un aéronef en altitude. Nous sommes ici dans les montagnes, à plus de mille mètres d'altitude, le tout dans un hélicoptère. Techniquement, je dirais donc que nous sommes bons, précisa Tate avec enthousiasme. Alors viens ici où je viendrai te chercher. J'ai eu envie de toi toute la journée, Lara. Je ne veux pas attendre une minute de plus.

Lara soupira.

— Nous ne pouvons pas faire ça ici, dit-elle.

Elle regarda la zone d'atterrissage privée par la fenêtre de l'appareil.

La partie utilisée par Marcus était toujours bouclée par les autorités pour l'enquête. Il n'y avait personne aux alentours. Tate avait atterri à l'extrémité du petit aéroport privé. Mais c'était tout de même risqué.

— Des gens pourraient nous surprendre.

— Il n'y a que nous ici, dit-il en croisant ses bras sur son torse. Viens ici. Je te mets au défi. Viens ici et prends ce que tu désires, dit-il.

Son regard était lumineux et persuasif.

Bon sang. Il sait très bien que j'ai envie de lui et il sait tout aussi bien que je ne recule jamais devant un défi.

Lara se mordit les lèvres, essayant tant bien que mal de dompter son désir sexuel. Tate aimait tester ses limites, mais il ne se rendait pas compte que lorsqu'il s'agissait de lui, Lara n'avait presque pas de limites.

— Qu'est-ce que *tu* veux ? demanda-t-elle d'un ton sensuel.

Elle s'agenouilla sur le siège passager et retira son pull. Non seulement Lara jouerait volontiers à son petit jeu, mais elle y prendrait du plaisir en sachant que le désir de Tate était égal au sien.

— Ne joue pas avec moi, bébé, grogna-t-il avant de retirer son t-shirt pour le laisser tomber sur le plancher de l'hélicoptère.

Tate garda ses yeux rivés aux siens tandis qu'elle se dandinait maladroitement hors de son jean et de sa culotte, le tout avant de se débarrasser de son soutien-gorge. Désormais entièrement nue, elle frissonna en sentait l'air contre sa peau.

— Qui a dit que je jouais ? dit-elle en haussant un sourcil.

Lara se délecta de son air surpris. Elle savait qu'il ne s'attendait pas vraiment à ce qu'elle se déshabille aussi rapidement dans son hélicoptère.

Son regard se posa sur l'érection qu'il aurait été difficile d'ignorer et qui tentait de faire éclater la fermeture éclair de son pantalon.

— Bon Dieu, Lara. Tu vas finir par me tuer, grogna-t-il en lui tendant ses bras.

Lara enjamba les instruments de bord ainsi que le siège et tomba littéralement sur lui. Tate enroula immédiatement ses bras autour d'elle, puis il glissa une main derrière sa tête. Il inspira profondément et enfouit son visage dans son cou.

— Nous n'avons pas besoin d'être en vol pour nous envoyer en l'air, commenta-t-il, son souffle chaud contre sa peau. Ton odeur me donne envie de me noyer en toi, dit-il avant de glisser sa langue contre son cou. Et ton goût me donne envie de te dévorer, ajouta-t-il avant de glisser sa main entre eux pour atteindre sa vulve naturellement et abondamment lubrifiée.

— Et ceci me donne envie de te prendre jusqu'à te faire crier de plaisir, conclu-t-il avant de prendre un de ses mamelons fièrement dressés dans sa bouche.

Lara se laissa tomber en arrière, elle lui faisait entièrement confiance et savait qu'il la rattraperait.

— J'ai envie de toi, Tate. S'il te plaît, dit-elle.

Elle glissa ses mains sur son torse puissant et savoura la chaleur de sa peau sous la pulpe de ses doigts. Tate la souleva et Lara se mit à genoux, lui laissant ainsi juste assez d'espace pour qu'il puisse ouvrir son pantalon et libérer sa grosse érection.

— Tu ne portes donc jamais de sous-vêtements ? gémit-elle en sentant la douce vigueur de sa verge contre sa vulve.

— Presque jamais depuis que je t'ai rencontrée.

Lara réprima un rire face à son ton sérieux.

— Alors tu es toujours prêt ?

— J'ai toujours l'espoir qu'il se passe quelque chose, corrigea-t-il en posant ses mains sur les hanches de Lara. Souhaites-tu exaucer le souhait d'un homme optimiste ?

L'enthousiasme de Tate l'incita à passer à l'action. Sa façon de parler lui donnait l'impression d'être une déesse. Tate semblait s'estimer chanceux d'avoir le privilège d'être avec elle. Lara avait actuellement le sentiment d'être la femme la plus désirable du monde. Elle était enivrée à l'idée que l'homme le plus sexy de la planète avait envie d'elle.

— Je ne peux pas exaucer tes souhaits. Je ne suis pas magique, lui dit-elle d'un ton taquin avant de saisir son sexe pour le positionner à l'entrée de son vagin.

— Pour moi, tu l'es, grogna-t-il en guidant le mouvement. Laisse-toi aller, Lara. Prends ce que tu désires de moi.

Le cœur de Lara se mit à marteler contre sa poitrine face au regard désireux de Tate. Son souffle se coupa lorsqu'il appuya sur ses hanches et s'enfouit complètement en elle.

— Mon excitation est au plus haut, gémit-elle en ondulant lentement sur lui.

— Dieu merci, grogna-t-il.

Tate agrippa ses fesses pour accompagner ses mouvements.

Lara accéléra la cadence et enroula ses bras autour de ses épaules. Elle ferma les yeux et absorba son essence, laissant son corps onduler avec le sien de manière érotique et satisfaisante. Tate comblait tous ses sens.

Leurs corps ne faisaient plus qu'un et Lara savoura la lente montée de chaleur, l'intimité de l'instant, la sensation d'étirement ainsi que les caresses apaisantes de ses mains dans son dos. Il n'y avait aucune précipitation. L'urgence de satisfaire leur désir était bien présente, mais aucun d'eux ne voulait que cet instant cesse.

Lara glissa ses mains dans les cheveux de Tate, puis elle l'embrassa tout en bougeant son bassin plus vite, plus fort.

Tate poussa un grognement contre ses lèvres. Il resserra enfin sa prise sur ses hanches comme s'il était sur le point de craquer. Il leva son bassin pour intensifier sa pénétration, comme s'il ressentait le besoin de la posséder complètement.

— Tu es à moi, lâcha-t-il lorsque Lara ôta sa bouche de la sienne. Tu es à moi, bébé. Je ne te laisserai jamais partir.

Ces mots suffirent à déclencher son orgasme. Le corps de Lara réagit instantanément à sa déclaration.

Elle avait envie de...

Elle avait besoin de...

Elle était sa...

— Oh mon Dieu. Tate, haleta-t-elle tandis que les ondulations en elle se transformèrent subitement en vagues scélérates.

Elle s'accrocha à lui, renversa sa tête en arrière et cria tandis que son orgasme s'empara de son corps. Lara sentit Tate frémir contre elle et la suivre dans le précipice avec un grognement d'extase.

Il la serra contre lui, un bras autour de sa taille, l'autre sur ses fesses.

— Je crois que nous venons d'atteindre un sommet stratosphérique.

Lara sourit tout en tenant sa tête contre sa poitrine.

— C'est certain, acquiesça-t-elle, toujours dans un état second, son corps épuisé contre le sien.

Lara était sur un nuage et elle se demandait si elle en descendrait un jour.

— Mon patron m'a envoyé un message. Il veut que je rentre à Washington. Nous manquons de personnel et il souhaite que je me remette au travail, dit Lara pendant son dîner avec Tate ce soir-là. J'espérais pouvoir rester plus longtemps, mais il insiste.

Tate faillit s'étouffer avec ses pâtes. Il toussa et but une gorgée de bière, puis il la regarda un instant avant de lui répondre.

— N'y retourne pas.

Doux Jésus. L'idée qu'elle parte m'est insupportable. La maison serait bien vide sans elle. Je serais bien vide sans elle.

Elle leva les yeux vers lui et posa sa fourchette dans son assiette.

— Tu sais bien que je dois rentrer chez moi. J'ai une carrière, et toi aussi. Je ne sais pas ce que tu fais aujourd'hui pour l'armée, mais je sais que tu as beaucoup de travail pour ton entreprise d'équipements anti-incendie. Nos vies sont très différentes.

— Je ne suis presque plus jamais en déplacement. Quant à Colter Fire Equipment, je travaille avec l'équipe de recherche et développement à Denver. Je n'y vais pas tous les jours. J'ai recruté des gens qualifiés pour le faire à ma place. Je donne simplement mon avis et j'essaie de trouver de nouvelles innovations.

Shep gémit aux pieds de Lara, comme si le petit animal savait de quoi ils parlaient. Bon sang, même son chien l'adorait. Elle ne pouvait pas partir.

— Je prends ma carrière très au sérieux, Tate. Je ne suis pas milliardaire. Mes parents n'avaient pas vraiment prévu de mourir si jeunes. J'ai pu poursuivre mes études grâce à mon héritage, mais je n'ai pas pu aller bien loin, expliqua-t-elle avant de siroter un peu de son vin blanc préféré.

Tate avait déjà passé une commande de plusieurs caisses de ce même vin.

— Est-ce pour cela que tu as rejoint le FBI ? demanda-t-il d'une voix rauque.

— Oui et non. Je voulais faire quelque chose qui me passionnait. Et évidemment, je suis passionnée par le terrorisme. Travailler pour le FBI me semblait donc être le meilleur choix.

— Y a-t-il autre chose qui te passionne ?

— J'ai fait des études de psychologie. À une époque, je voulais être psychologue, avoua-t-elle avec mélancolie.

— Alors, lance-toi. Reste ici et termine tes études. Bon sang, tu pourrais peut-être même me réparer, dit-il.

Tout le monde lui disait qu'il était un peu fou.

Lara lui sourit.

— Il n'y pas une seule chose chez toi que je voudrais changer. Bon, d'accord, tu pourrais être un meilleur cuisinier. Mais tu es riche. Tu n'as pas besoin de cuisiner, dit-elle en reprenant sa fourchette en main qu'elle fit lentement tourner dans ses pâtes. Je voulais plutôt travailler avec des femmes battues pour les aider à s'en sortir.

— Pourquoi ? demanda Tate avec fascination.

— Comme tu le sais déjà, je suis allée vivre avec ma tante après la mort de mes parents. Mon oncle était violent, répondit-elle avec tristesse.

— Est-ce qu'il t'a fait du mal ? demanda-t-il en serrant le poing autour de sa bière.

Lara secoua la tête.

— Non. Mais il a fait du mal à ma tante. Je l'ai suppliée de le quitter, mais il revenait toujours pour lui dire qu'il était désolé et qu'il ne la frapperait plus jamais. Malheureusement, elle n'a jamais réussi à sortir de ce cercle vicieux. Je ne suis restée qu'un an chez eux avant de partir pour l'université. Il ne m'a jamais touchée. Mais je voulais aider ma tante. Je n'y suis pas arrivé, expliqua-t-elle.

Tate avait mal au cœur face au regret et à la tristesse dans les yeux de Lara.

— Où est-elle aujourd'hui ?

— Elle est décédée d'un cancer il y a quelques années.

— Je suis désolé, bébé, dit-il.

Lara était seule au monde. Tate voulait la serrer dans ses bras et toujours être là pour elle.

— À quoi ressemble ta vie à Washington ?

— Je passe la plupart de mon temps à travailler, dit-elle avec un haussement d'épaules. Tu sais ce que c'est que de vivre pour son métier. J'ai un petit appartement et quelques amis dans mon service. J'y suis bien pour l'instant. Je veux mettre de l'argent de côté pour terminer mes études. La carrière d'un agent du FBI n'est pas très longue.

Tate savait que, entre l'épuisement et l'âge, la carrière d'un agent de terrain pouvait effectivement être courte. Il s'agissait d'un métier difficile exigeant une condition physique et mentale infaillible.

— Quitte ton poste maintenant. Reste avec moi et reprends tes études. Tu n'aurais pas à travailler, Lara.

Lara mastiqua et avala sa nourriture avant de répondre.

— C'est hors de question. Je ne veux pas profiter de l'argent d'un ami, même s'il est milliardaire.

— Je suis plus que ton ami, grogna-t-il avec agacement. Je suis l'un des fondateurs d'une nouvelle association d'aide aux femmes victimes de violences. Tu pourrais y contribuer. Cela te permettrait de faire quelque chose qui a du sens pour toi.

Lara sembla surprise.

— Tu veux parler de cette nouvelle association lancée par ces frères milliardaires en Floride ?

Tate hocha la tête.

— Par plusieurs milliardaires et pas seulement en Floride. Les Hudson et les Harrison font partie des membres fondateurs, tout comme moi. Mes frères vont également nous rejoindre. Ainsi que Grady Sinclair dans le Maine.

— Wow. C'est une sacrée puissance de feu.

Tate esquissa un sourire, amusé par la façon dont Lara mesurait toujours les choses avec un vocabulaire militaire ou policier.

— Tu pourrais faire partie de l'aventure. La femme de Kade Harrison est une ancienne victime de violences. Elle est déterminée à faire tout ce qui est en son pouvoir pour aider les femmes battues à retrouver une vie normale. Elle serait heureuse de travailler avec quelqu'un comme toi.

Tate perçut un éclair d'enthousiasme dans les yeux de Lara, puis elle hocha lentement la tête.

— Je dois tout de même reprendre mes études et je ne peux pas quitter mon poste immédiatement. Mais ta proposition pourrait bien m'intéresser à l'avenir.

Bon Dieu, ce qu'elle pouvait être têtue... Tate comprenait bien que son poste au FBI n'était pas le problème. Lara voulait tout simplement conserver son indépendance. Il admirait ce trait de caractère tout autant qu'il le détestait.

— Quand envisages-tu de rentrer à Washington ? demanda-t-il dans la douleur.

— Mardi.

Bon sang, cela ne leur laissait donc plus que trois jours ensemble. Tate se leva pour apporter sa vaisselle à la cuisine tout en se creusant la tête pour trouver un moyen de la convaincre de rester avec lui. Toute autre option était inacceptable.

— Je vais t'y conduire. J'en profiterai pour voir Blake. Je lui ai parlé hier, mais il n'est pas très bavard. Je pense qu'il serait préférable que je lui parle en personne.

À son tour, Lara se leva et se rendit à la cuisine avec ses couverts sales. Elle hocha la tête en guise de réponse.

En réalité, le seul endroit où Tate voulait la conduire était dans son lit, mais il s'occuperait de cela en temps voulu. Pour l'instant, il devait trouver un moyen de la garder avec lui.

Je suis un Colter. Un Colter n'abandonne jamais.

Il était issu d'une lignée d'hommes obstinés. Des hommes qui ne renonçaient jamais. C'est précisément ce qui leur avait permis de devenir si riches. Ses ancêtres étaient tenaces – certains d'entre eux étaient carrément connus pour leur agressivité. Chacun d'eux avait consacré sa vie à de nouvelles entreprises, ne cessant jamais de progresser.

Tate n'avait pas survécu à des années de missions suicidaires pour ensuite perdre la seule femme qu'il avait jamais aimée. *Hors. De. Question.* Lara était sur le point de découvrir à quel point il pouvait être insistant.

$$\sim\heartsuit\sim$$

Chapitre 13

Le dimanche après-midi, Lara se tenait devant la baie vitrée de la maison de Tate à travers laquelle elle le regardait sortir Shep. Elle sourit en voyant ses lèvres bouger. Il parlait au chiot, lui expliquant probablement combien Lara était déraisonnable.

Tate avait passé toute la journée de la veille à essayer de lui vendre tous les avantages de rester dans le Colorado. Après sa séance de sport tôt le matin avec Chloé, il l'avait emmenée skier. À la fin de la journée, ses fesses étaient endolories à force de tomber, mais elle était parvenue à descendre la piste pour débutants. Lara avait passé une journée amusante et stimulante au cours de laquelle elle avait beaucoup ri, ce qui ne lui arrivait pas souvent avant de rencontrer Tate.

Le soir, il l'avait emmenée à Denver pour dîner, le tout saupoudré de roses et de champagne. Tate s'était montré doux et séduisant. Une fois de retour chez lui, ils s'étaient précipités au lit où il l'avait emmenée au septième ciel, une fois de plus.

Lara n'avait pas beaucoup d'arguments contre le Colorado et le train de vie d'un milliardaire. La famille de Tate était adorable, sa maison était magnifique et Lara était déjà amoureuse de la région. La vie y était très différente de ce qu'elle connaissait à Washington, mais de façon positive. Rocky Springs était une petite ville paisible et merveilleuse.

Le véritable problème venait du fait qu'elle était aussi amoureuse de... Tate Colter.

Elle soupira tout en le regardant attendre patiemment que Shep trouve un endroit où faire pipi. Lara avait envie de rester. Mais elle ne pouvait pas rester. Et cela lui déchirait le cœur. Il lui serait impossible d'être avec Tate tous les jours sans exprimer ce qu'elle ressentait véritablement pour lui.

Il souhaitait qu'elle reste avec lui, mais cela ne signifiait pas pour autant qu'il était amoureux d'elle. Tate ne semblait pas prêt à l'être. De son côté, Lara ne pourrait pas supporter d'aimer quelqu'un si fort sans que cela soit réciproque.

Ce n'est pas sa faute s'il ne ressent pas la même chose.

Lara ne lui en voulait pas. Peut-être qu'il n'était pas prêt, ou peut-être qu'elle n'était tout simplement pas la femme de sa vie. Elle ne regrettait absolument pas de l'avoir rencontré. D'une certaine manière, il était parvenu à la changer, à renforcer sa féminité. Maintenant qu'il lui avait permis de s'ouvrir à un nouveau monde, elle ne pouvait plus revenir en arrière. Et elle ne pouvait pas ignorer le fait que son cœur était grand ouvert pour lui, même s'il n'en voulait pas.

Rester avec lui ne serait qu'un pansement sur une plaie ouverte. Cela pourrait s'avérer agréable pendant un certain temps, mais Lara finirait par être dévastée. Elle devrait donc retirer le pansement et laisser son cœur cicatriser – si tant est que cela soit possible. Étrangement, Lara savait qu'elle n'oublierait pas Tate Colter de sitôt. Elle connaissait beaucoup d'hommes, mais jamais elle n'avait rencontré quelqu'un comme lui. Il était...unique.

Lara tourna le dos à la baie vitrée, ses yeux emplis de larmes. Elle alla s'asseoir à table et essuya son visage avec colère. Elle n'avait vraiment pas besoin que Tate la voie pleurer. Il avait suffisamment de problèmes à gérer dans sa propre famille en ce moment. Il n'avait pas besoin d'une femme pathétique si amoureuse de lui que le simple fait d'imaginer le quitter lui donnait envie de vomir.

Lors du dîner de la veille, Lara lui avait demandé s'il voulait parler de Marcus. Elle savait combien cela l'affectait, mais il ne voulait pas aborder le sujet. Tate lui avait répondu qu'il était encore trop tôt, qu'il devait remettre ses émotions en ordre. Il était dans le déni et Lara savait que la trahison de Marcus finirait par l'anéantir. Elle voulait l'aider, mais elle ne voulait pas insister s'il n'était pas prêt à en parler.

Peut-être qu'il m'appellera quand il sera prêt à parler.

Une chose était sûre : elle l'écouterait même si le fait d'entendre sa voix de si loin lui briserait le cœur. Lorsqu'il acceptera enfin ce que Marcus avait fait, Tate aura besoin de quelqu'un capable de l'écouter.

Tate entra dans la maison. Il ôta ses bottes et libéra Shep de sa laisse. Il retira ensuite sa veste et son bonnet, donnant à sa chevelure cet aspect sauvage qui le rendait si sexy. En réalité, Tate était toujours sexy, mais cela ne faisait qu'intensifier le désir de Lara de se jeter sur lui. Il était particulièrement séduisant aujourd'hui, vêtu d'un jean délavé ainsi que d'un pull en laine beige.

Shep se précipita vers Lara en agitant sa queue avant d'essayer de grimper sur elle. Elle se pencha pour l'aider, puis elle serra le chiot contre le coton de son pull à col roulé.

— Pourquoi est-ce que tu viens toujours me voir quand tu as froid? dit Lara en sentant le petit corps froid de l'animal contre elle.

— Parce que tu es tellement chaude. Il sait où aller pour se réchauffer. Ce chien est intelligent, dit Tate avec un petit sourire en coin.

Lara leva les yeux au ciel, mais elle adorait ses petites allusions. Le fait qu'un homme la traite comme une femme désirable était une nouveauté pour elle, et elle savourait cela.

Lara jeta un œil aux fesses parfaites de Tate tandis qu'il entrait dans la cuisine pour aller nourrir Shep. Le chiot sauta de ses genoux à l'instant même où Tate remplit sa gamelle.

— Me voilà abandonnée pour de la nourriture, commenta-t-elle avec bonhomie.

Tate la regarda depuis la cuisine, ses yeux pétillants.

— J'imagine qu'il n'est pas toujours intelligent. Je n'hésiterais pas à renoncer à la nourriture pour être blotti contre toi.

Lara lui lança un sourire béat.

— Je suis honorée, dit-elle avant de sursauter en entendant la sonnette retentir.

— J'y vais. C'est probablement ta mère et Chloé, dit Lara en se levant pour se diriger vers la porte d'entrée, toujours heureuse à l'idée de voir Aileen et Chloé.

Elle ne s'attendait pas à les voir aujourd'hui, elle et Tate leur ayant rendu visite la veille.

Lara ouvrit la porte, mais sa joie fut vite remplacée par l'étonnement en découvrant un visage bien différent de ceux auquel elle s'attendait.

— Blake ? Je te croyais toujours à Washington.

Le frère de Tate arborait une expression taciturne et il ne portait pas son chapeau de cowboy aujourd'hui. Il était vêtu d'un costume sur mesure sombre ainsi que d'un manteau d'hiver assorti.

— Puis-je entrer ? demanda-t-il poliment.

Lara ouvrit la porte en grand pour le laisser passer.

— Qu'est-ce que tu fous ici, Marcus ? retentit la voix colérique de Tate derrière elle.

Marcus ? Il s'agit donc de Marcus ?

— En es-tu sûr ? demanda-t-elle brusquement à Tate en s'éloignant de l'homme qui venait d'entrer avant de sortir son arme de l'étui dans son dos.

Tate avait raison. Cela semblait impossible, mais il était capable mieux que quiconque de reconnaître ses frères.

— Oui, j'en suis sûr, répondit-il furieusement.

Lara s'éloigna suffisamment de Marcus pour qu'il ne tente pas de s'emparer de son arme.

— Tu ferais mieux de t'expliquer avant que je te descende, dit-elle. Comment aurait-il pu s'évader de prison pour rejoindre le Colorado ? Et pourquoi était-il habillé comme s'il allait travailler ?

Marcus fronça les sourcils.

— Tu peux abaisser ton arme. Je suis ici pour parler. J'ai besoin de parler à Tate.

— Parler ? Si tu t'approches de lui, j'ouvre le feu. Comment es-tu sorti de prison ? demanda-t-elle en le tenant en joue.

— J'ai été libéré de façon parfaitement légale, répondit calmement Marcus.

— Qu'est-ce que tu racontes ? explosa Tate en se précipitant vers son frère pour l'attraper par le col de sa veste.

—Ils ne libéreraient pas un terroriste. Il va falloir trouver une histoire plus crédible.

— Tate, tu es dans ma ligne de mire. Bouge, ordonna Lara avec nervosité.

Marcus agita brusquement ses épaules pour se débarrasser de la prise que Tate avait sur lui.

— Contente-toi de m'écouter. Je ne suis pas un terroriste. Je travaille pour la CIA, dit-il en ouvrant un dossier en cuir d'où il sortit un badge.

Tate le lui arracha des mains et s'empressa de l'examiner.

— On dirait bien un vrai, dit-il à Lara.

Lara s'approcha d'eux et prit le badge des mains de Tate. Elle reconnut immédiatement l'insigne. Si ce badge était un faux, alors son faussaire était sacrément doué.

De sa main libre, Marcus tendit ensuite un téléphone à Tate.

— Le numéro de la CIA est dans mon téléphone. Appelle le directeur. Tu peux vérifier, c'est le numéro central. Appelle et demande à lui parler. Il attend ton appel.

Lara posa le badge sur la table, mais elle ne perdit pas Marcus des yeux tandis que Tate fit exactement ce qu'il venait de lui suggérer. Avant d'appeler, il prit un instant pour vérifier l'exactitude du numéro sur son ordinateur portable. Elle entendit Tate parler au téléphone, mais toute son attention était sur Marcus.

Il semblait différent aujourd'hui. Son regard, habituellement froid, était empli d'émotions. Il semblait fatigué et ses yeux gris Colter arboraient tristesse et remords.

Bon Dieu...était-il vraiment possible que Marcus dise la vérité ? S'il vous plaît. S'il vous plaît. Faites que ce soit la vérité. Tate serait tellement soulagé d'apprendre que son frère était en réalité un homme bien. Mais si tel était le cas, alors que diable faisait-il avec tous ces explosifs ?

Tate mit fin à sa conversation téléphonique, puis il rendit le téléphone à Marcus.

— Tu peux ranger ton arme, Lara, dit Tate d'un ton catégorique. Il dit la vérité.

Doux Jésus.

Quelque peu désorientée, Lara rengaina son arme à feu.

— Comment est-ce possible ? Pourquoi ? demanda-t-elle.

Marcus se tourna vers Lara.

— Merci de ne pas m'avoir tiré dessus.

— Tu peux remercier Tate. Je mourrais d'envie de te tirer dessus, marmonna-t-elle avec agacement.

Après tout ce qu'il avait fait subir à son frère, Lara n'aimait pas beaucoup Marcus d'un point de vue personnel.

Marcus ricana.

— Je n'en doute pas, dit-il en regardant Tate. Je vois que tu as trouvé une femme sacrément loyale.

— Elle est merveilleuse, précisa Tate. As-tu l'intention de m'expliquer ce qui se passe ? Qui d'autre est au courant ? demanda Tate en lui faisant signe de s'asseoir à table.

Une fois tous les trois assis, Lara trouva surréaliste d'être paisiblement installée face à l'homme qu'elle croyait être un terroriste il y a encore quelques minutes.

Marcus commença à s'expliquer.

— Blake est au courant. J'ai pu lui parler en face à face à Washington. J'ai rencontré Zane à Denver avant de venir ici, et je reviens tout juste d'une longue conversation avec Chloé et maman.

— Donc je suis le dernier à savoir, grommela Tate.

— Je savais que tu serais le plus difficile à convaincre, répondit sobrement Marcus. Tu as été blessé à cause de moi, Tate. Et Lara a également été humiliée et blessée. Je suis désolé.

— Cela fait partie de mon métier, répondit-elle calmement. Peux-tu nous expliquer pourquoi le FBI ne savait rien de tout cela ?

Marcus hocha la tête.

— Peu de gens étaient au courant. Je ne suis donc pas étonné qu'une équipe antiterroriste du FBI ait été chargée de cette affaire.

Je m'y attendais. Je n'étais pas vraiment discret et je n'avais pas l'intention de l'être. Mais mon rôle était top secret. Nous ne voulions aucune fuite d'informations. Même le directeur du FBI, bien qu'ayant été informé de l'opération, n'était pas autorisé à en parler.

— Quelle était ta mission ? demanda Tate.

Marcus grimaça.

— En réalité, je me suis retrouvé impliqué sans vraiment le vouloir. C'était un groupe très organisé avec de gros moyens financiers. Ils se faisaient passer pour des hommes d'affaires légitimes et respectés. J'ai entendu une conversation en arabe que je n'étais pas censé comprendre.

— Tu maîtrises beaucoup de langues, songea Lara.

Marcus haussa les épaules.

— Je travaille avec de nombreux pays et j'ai une certaine facilité avec les langues étrangères.

— Que s'est-il passé ensuite ? insista Tate.

— J'ai contacté la CIA pour leur transmettre l'information.

— Depuis combien de temps aides-tu la CIA ?

— Depuis un moment, avoua Marcus avec réticence. Je leur transmets les informations récoltées lors de mes déplacements pour les aider dans leurs enquêtes, mais je ne m'étais encore jamais retrouvé au milieu d'une opération de cette ampleur. Ils m'ont demandé de me rapprocher de ces hommes et de trouver un moyen d'infiltrer le groupe. Ce n'était pas facile. En tant qu'américain, ils ne me faisaient pas confiance. Il m'a fallu deux ans pour les convaincre que je n'étais intéressé que par l'argent et que je me fichais de leur cause. Ils avaient simplement besoin d'un américain capable d'acheter de grandes quantités d'explosifs sans éveiller les soupçons. Grâce à la fortune de notre famille, ils ont finalement décidé de prendre le risque. Nous avions prévu de conclure l'affaire finale une fois tous les explosifs rassemblés dans le hangar. Ils devaient me payer et s'en aller par avion avec leur matériel. Lorsque vous êtes arrivés, nous devions contrôler le dernier arrivage. Il ne devait rien se passer ce jour-là. Le directeur prévoyait de monter une équipe spéciale pour procéder à l'arrestation. Certains membres du FBI devaient même en faire partie. Mais je voulais veiller à ce que ma famille ne soit pas dans la région à ce moment-là. En réalité, je n'aurais jamais dû amener tout cela chez nous, ni même à Rocky Springs.

— Tu n'avais pas vraiment le choix. C'est un aéroport privé. Aucun autre lieu n'aurait pu se prêter à une telle opération, remarqua Lara. L'aéroport privé ainsi que la réputation de la famille Colter constituaient en réalité la configuration parfaite pour tendre un piège aux terroristes.

— Cela a mis ma famille en danger, répondit tristement Marcus.

— Cela n'aurait pas dû être le cas, dit Tate avec honnêteté. L'aéroport est suffisamment loin de nos domiciles ainsi que la station. Lara et moi n'aurions jamais dû être là. Je voulais lui prouver que tu n'étais pas impliqué dans une opération terroriste et qu'elle pouvait donc arrêter d'essayer d'attirer ton attention.

Marcus sourit et leva les yeux vers Lara.

— Oh, elle aurait bien fini par attirer mon attention. J'aurais probablement deviné qu'elle était du FBI.

— Tu n'aurais jamais pu le savoir, se défendit Lara. Je suis plutôt douée dans mon travail.

Le sourire de Marcus s'élargit.

— J'ai le bras long, dit-il avant de se tourner vers Tate. Est-ce que tu étais au courant quand tu l'as rencontrée ?

— Je savais que Lara était une agente fédérale. Mais seulement parce que j'ai fait des recherches. Et je ne m'attendais pas vraiment à ce qu'il s'agisse du FBI. Je savais juste qu'elle n'avait pas le profil type de nos clients habituels à la station.

— Cela fait deux ans que je vérifie le profil de tous ceux qui m'adressent la parole. Je savais bien que le FBI s'intéressait à notre opération, mais nous n'étions pas encore prêts à former une équipe. Nous avions d'abord besoin de preuves, expliqua Marcus.

— Pourquoi as-tu laissé l'équipe t'arrêter ? demanda Lara avec curiosité.

— Les terroristes n'étaient pas tous présents. S'ils avaient appris que j'étais associé à la CIA, ils se seraient tous enfuis. Je devais donc jouer le jeu jusqu'à ce qu'ils soient tous en détention, expliqua

Marcus. En réalité, j'étais bien content de ta présence sur les lieux. J'ai essayé d'envoyer un SMS d'urgence au directeur pendant que les terroristes contrôlaient la marchandise, mais l'équipe ne serait jamais arrivée à temps. J'essayais déjà de réfléchir à un plan alternatif.

— Tu ne leur as pas dit que j'étais ton frère, remarqua Tate. Je ne comprends pas l'arabe aussi bien que toi, mais tu leur as dit que nous étions des policiers, n'est-ce pas ?

Marcus hocha la tête.

— Je ne voulais absolument pas qu'ils sachent que nous avions un lien de parenté. Ces gens sont fous et paranoïaques. Il valait mieux les laisser croire que nous avions été repérés par les autorités locales. Je voulais les pousser à finaliser la transaction afin qu'ils puissent passer au transport des explosifs. J'avais ensuite l'intention de vous garder tous les deux pour leur permettre de s'échapper. Cela nous aurait permis de gagner du temps et d'aller au bout de l'opération, mais je n'étais pas sûr d'y parvenir et je ne savais absolument pas combien de temps mettrait les forces de l'ordre à intervenir. Alors crois-moi, j'étais on ne peut plus heureux d'être arrêté par le FBI. J'étais content d'apprendre que des renforts étaient là et que tout le monde avait été arrêté. Je voulais que Tate soit soigné au plus vite pour ses blessures.

— Je dois bien avouer que je ne te faisais pas confiance, contrairement à Tate.

— Cette mésaventure ne s'est pas trop mal finie, dit-il en lançant un regard reconnaissant à Lara.

— Rien n'a encore été divulgué aux médias, précisa Tate.

Marcus secoua la tête.

— Avec un peu de chance, cette opération ne sera jamais révélée au public. Nous y avons toujours veillé. Les seuls civils à être au courant sont Gabe et ma famille. Gabe assure qu'il n'en parlera à personne, et je lui fais entièrement confiance. Même l'hôpital n'a jamais su comment tu avais été blessé, Tate. Ils ont signalé une blessure par arme blanche. Le rapport a été transmis à la police, et il restera secret. Je préférerais vraiment que cette histoire n'aille pas alimenter les potins et que le moins de gens possible sachent que je travaille pour la CIA.

— C'est préférable, surtout si tu as l'intention d'intervenir en tant qu'agent, acquiesça Lara.

— Je n'arrive pas à croire que mon frère soit un espion, grommela Tate. Bon Dieu, tu pourrais finir par te faire tuer en jouant à James Bond.

— Tu es plutôt mal placé pour faire ce genre de commentaire. Ce que je fais est beaucoup moins dangereux que toutes les missions que tu effectuais pour l'armée, souligna Marcus en lui lançant un regard désapprobateur.

Il se tourna ensuite vers Lara.

— Quel était ton objectif ici ?

— Je devais me rapprocher de toi et te séduire pour te soutirer des informations. Nous savions seulement que tu achetais et transportais de grandes quantités d'explosifs. Il s'agissait d'une simple mission d'enquête.

— Bien, répondit Marcus d'une voix aussi douce que de la soie. Et jusqu'où étais-tu prête à aller dans cette opération séduction ? demanda-t-il.

— Nulle part, grogna Tate. Elle est hors d'atteinte.

— Plus maintenant. Nous sommes dans le même camp, sourit Marcus.

— J'ai vraiment regretté de t'avoir frappé au visage. Ne m'oblige pas à recommencer, prévint Tate d'une voix menaçante.

— Ne serais-tu pas un peu possessif, petit frère ? demanda Marcus d'un air amusé.

— Si, affirma Tate.

— Et comment fais-tu pour le supporter, Lara ? demanda-t-il.

C'est merveilleux. C'est si merveilleux que je pourrais passer le restant de mes jours au lit avec lui.

— Je sais lui tenir tête, répondit-elle avec un sourire.

— Ça ne m'étonne même pas, dit Marcus tout en se levant de sa chaise. Je dois aller régler quelques détails, nous pourrons en parler davantage plus tard. Je voulais juste vous dire à tous les deux que je suis désolé. Vous n'imaginez pas à quel point c'était difficile pour moi de ne pas vous dire la vérité plus tôt. Mais cela nous aurait probablement coûté la vie à tous. J'étais terrifié quand j'ai vu que Tate avait été blessé. C'est à cet instant précis que j'ai bien failli craquer et révéler ma couverture.

Lara ne doutait plus que Marcus disait la vérité et elle pouvait désormais voir ses regrets et son inquiétude. Face aux circonstances, il avait bien géré les choses.

Elle et Tate se levèrent à leur tour pour raccompagner Marcus jusqu'à la porte d'entrée. Lara saisit machinalement le bras de Marcus. Ce dernier se tourna vers elle d'un air interrogateur.

— Tate a toujours cru en toi. Même quand je lui ai montré des preuves accablantes à ton encontre, il m'a ri au nez. Il ne t'a jamais cru coupable, lui dit-elle pour veiller à ce que les deux frères n'éprouvent aucun ressentiment.

— Je sais, répondit-il en posant sa main sur celle de Lara. Et je suis profondément désolé, petit frère, ajouta-t-il avec sincérité en regardant Tate.

Marcus s'approcha de Tate avec les bras ouverts et le serra contre lui en une étreinte d'ours. Les poings serrés, Tate enroula ses bras autour de son frère et tous deux se frappèrent vigoureusement dans le dos. Les deux hommes étant à peu près de la même corpulence, Lara ne put s'empêcher de se demander s'ils pouvaient se blesser dans leur démonstration d'affection particulièrement virile.

— Je suis si heureux que tu sois maintenant en sécurité, lui dit Tate.

— Je suis heureux que vous soyez tous les deux en sécurité, répondit Marcus en s'écartant de Tate pour regarder Lara.

Elle s'approcha d'eux et serra Marcus dans ses bras.

— Merci.

Ce simple mot couvrait tant de choses :

Merci d'être innocent et de ne pas faire souffrir Tate.

Merci de lutter contre le terrorisme malgré ta fortune.

Merci de te soucier d'un simple agent du FBI qui ne faisait que son travail.

Merci d'aimer ton petit frère parce que je l'aime, moi aussi.

Marcus n'hésita pas à lui rendre son étreinte avant d'ouvrir ses bras quelques instants plus tard. Lara récupéra le badge qu'elle avait déposé sur la table, puis elle le rendit à Marcus.

Avant d'ouvrir la porte d'entrée, il se tourna vers elle avec un sourire malicieux qui lui rappela soudainement Tate.

— Tu sais, je me serais peut-être laissé séduire. Mais je n'aurais jamais rien révélé, dit-il d'un air séducteur en se penchant vers elle pour veiller à ce que Tate ne puisse l'entendre

Exaspérée par son arrogance digne d'un Colter, Lara roula des yeux et murmura près de son oreille :

— Tu aurais chanté comme un oiseau, Colter.

Marcus se contenta de rire, puis il sortit en refermant la porte derrière lui.

— Est-ce qu'il flirtait avec toi ? demanda Tate d'un ton bourru, ses sourcils froncés et son regard figé sur la porte fermée.

— Il faisait le malin, dit-elle. Je crois que tous les frères de la famille Colter excellent en la matière.

— Mon frère n'est donc pas un terroriste, dit-il calmement.

— Je sais, dit-elle en posant délicatement sa main sur la joue de Tate.

— Mon frère n'est pas un terroriste ! s'exclama-t-il en soulevant Lara par la taille et en la faisant virevolter jusqu'au salon.

Face à la joie de Tate, Lara sentit son cœur enfler de bonheur dans sa poitrine et des larmes se mirent à couler sur ses joues.

— Je sais.

— Bon sang, il travaille avec la CIA. Marcus est un espion, dit-il en se laissant tomber sur le canapé en emportant Lara avec lui.

Sa voix tremblante d'émotion, il ajouta avec soulagement :

— Dieu merci !

Lara se blottit contre lui et les larmes continuèrent de couleur sur son visage : des larmes de soulagement pour Tate et toute la famille Colter. Ils étaient tous à nouveau unis. Marcus était encore le frère qu'il connaissait.

Tate et Lara restèrent ainsi, enlacés sur le canapé, silencieux.

Épuisés par leurs émotions, ils s'endormirent dans les bras l'un de l'autre. Quelques heures plus tard, Tate se réveilla et porta délicatement Lara jusqu'à la chambre.

Le lendemain matin, c'est avec le cœur serré que Lara fit ses valises. Les prévisions météo n'étant pas bonnes pour le lendemain, mardi, elle était obligée de partir le soir même avant l'arrivée de la tempête. Son patron lui avait réservé un vol depuis Denver. Ce serait en réalité plus simple ainsi que de dire au revoir à Tate une fois à Washington.

Un jour de moins. Est-ce vraiment si important ?

Pour l'instant, cela lui semblait d'une importance capitale. Chaque jour comptait comme mille. Elle regrettait de devoir l'abandonner plus tôt que prévu.

— Qu'est-ce que tu fais ? demanda-t-il d'un air surpris en entrant dans la chambre.

— Une tempête est prévue pour demain. Je vais devoir partir ce soir. Mon service m'a réservé un siège sur un vol commercial. Je dois le prendre, répondit-elle sans parvenir à le regarder.

Si Lara se tournait vers lui, elle ne pourrait contenir ses larmes.

— Tu ne peux pas partir aujourd'hui. Nous avons jusqu'à demain, dit-il d'un air désemparé.

— Je n'ai pas le choix, dit-elle en pliant un pantalon qu'elle plaça dans sa valise.

Par pitié, qu'il ne me touche pas. S'il me touche, je vais céder. Je vais probablement supplier pour rester avec lui, même si ce n'est pas pour toujours. Je ne peux pas faire une chose pareille. Je ne peux pas abandonner un métier pour lequel j'ai travaillé si dur et si longtemps.

— Très bien. Dans ce cas, je t'emmène à Denver, dit-il d'un ton ferme.

Ne voyant aucune raison de s'y opposer, elle acquiesça. Dans tous les cas, elle devait s'y rendre pour prendre son vol.

— J'aimerais qu'on s'arrête voir Chloé et ta mère pour que je leur dise au revoir.

Tate s'approcha d'elle et l'implora :

— Lara, reste, s'il te plaît.

— Je ne peux pas, répondit-elle avec fermeté, sa vue brouillée par les larmes.

— J'imagine que ne peux pas te forcer à vouloir être avec moi, dit-il en faisant un pas en arrière.

Ne dis rien. Ne lui dis pas que tu meurs d'envie de rester avec lui, ne lui dis pas combien tu seras seule sans lui. Cela ne ferait que retarder l'inévitable et ne serait que plus douloureux.

Lara se mordit les lèvres. Aussi fort que possible. Enfin, Tate sortit de la pièce et la laissa seule.

Ses larmes se mirent à couler, pleurant la perte de Tate avant même qu'elle ne l'ait quitté.

Tate sortit promener Shep. Sa colère et son désespoir étaient en guerre l'un contre l'autre. Que pouvait-il faire ? Il ne pouvait pas la forcer à rester. Elle voulait reprendre son travail. Il voulait être avec elle. Ils étaient donc dans une impasse et Tate ne pouvait rien faire pour changer les choses. En réalité, il ne voulait pas que Lara se sente obligée de rester ici. Il voulait que cette décision vienne d'elle. Il voulait un engagement, quelque chose qui la lierait à lui pour toujours.

Elle ne m'a pas demandé si je voulais aller vivre à Washington. Elle n'a même pas évoqué cette possibilité.

Pour Lara, Tate n'hésiterait pas à déménager. Tant qu'il était avec elle, il se fichait pas mal de l'endroit où il vivait.

Mais elle ne m'en a pas parlé. Pour elle, la relation est impossible. Je dois donc me contenter d'admettre qu'elle n'est pas aussi enthousiaste que moi.

Hier, Tate était euphorique après avoir appris que Marcus n'avait rien d'un criminel. Aujourd'hui, il était dévasté.

Un Colter n'abandonne jamais.

Bon sang, il n'abandonnerait pas s'il avait une autre option.

Son téléphone portable vibra dans sa poche. En voyant qu'il s'agissait de l'un de ses plus vieux amis, Travis Harrison, il décrocha.

— Oui.

— Tate ? fit Travis d'une voix solennelle.

— C'est bien moi.

— Tu vas me prendre pour un fou, mais est-ce que tu connais une femme nommée Lara ?

Tate se redressa et écarquilla les yeux.

— Oui. Je la connais. Je suis fou d'elle.

Tate expliqua rapidement à Travis que Lara était chez lui, mais qu'elle se préparait à rentrer à Washington. Il lui parla brièvement de leur relation éclair.

— Je suis amoureux d'elle, avoua-t-il à Travis. La laisser partir me détruit, Travis.

— Alors ne la laisse pas partir, s'empressa de répondre son ami. Tate, j'ai fait un rêve. Il y a longtemps que je n'ai pas fait un rêve aussi précis et réel. J'ai rêvé que Lara perdait la vie dans un accident d'avion. Où qu'elle aille, ne la laisse pas prendre son vol.

Merde ! Tate savait que les rêves prémonitoires de Travis devaient être pris très au sérieux. Non seulement cela lui avait déjà sauvé la vie, mais ses rêves avaient également sauvé la vie de la femme de Travis, Ally.

— Quand cela se produira-t-il ? demanda Tate avec inquiétude.

— Je ne sais pas, mais je ne rêve jamais de quelque chose d'aussi précis sans que cela ne se produise rapidement. Si elle doit prendre l'avion, ne la laisse pas faire. Tu dois sûrement te dire que je suis fou, mais…

— Absolument pas, l'interrompit Tate. Je sais que tes rêves sont bien réels. Tu m'as déjà sauvé la vie et celle d'Ally.

— Alors, ne laisse pas Lara partir. Du moins pas pour l'instant, et surtout pas sur un vol commercial, le prévint Travis. Si tu l'aimes, veille à ce qu'elle reste près de toi, même si elle refuse de me croire.

Lara ne croirait peut-être pas au rêve de Travis, mais Tate y croyait. Il avait été témoin de ces étranges phénomènes à plusieurs reprises. Au début, il n'y croyait pas. Ce n'était plus le cas aujourd'hui.

— Je vais trouver un moyen de l'empêcher de partir. Lara est un agent du FBI, donc je ne suis pas sûr qu'elle se contente de la vérité.

— Tu es amoureux d'un agent du FBI ? demanda Travis. Pourquoi ne suis-je pas surpris ? Est-ce qu'elle peut te botter le cul ?

— Non, répondit Tate. Mais c'est un adversaire de taille.

— Tant mieux. On dirait bien que cette femme est faite pour toi.

— Elle l'est, acquiesça Tate. Je n'ai jamais ressenti ça auparavant, Travis. Comment fais-tu pour gérer de tels sentiments avec Ally ?

— C'est l'enfer, mon pote. Mais tu vas t'en sortir. Si vous êtes amoureux, alors c'est la sensation la plus incroyable au monde.

Tate secoua la tête même si Travis ne pouvait pas le voir.

— Elle n'est pas amoureuse de moi.

— Alors fais-la changer d'avis, répondit Travis d'un ton catégorique. Si quelqu'un est capable de convaincre une femme, c'est bien toi. N'abandonne pas. Et commence par lui dire que tu l'aimes. Tu es prêt à tout risquer, y compris ta propre vie. Alors prends ce risque avec elle.

Tate en mourrait d'envie, mais il avait trop peur que Lara lui brise le cœur.

— Elle ne m'a pas dit qu'elle m'aimait.

— Et toi, est-ce que tu lui as dit ? demanda franchement Travis.

— Non.

— Alors comment peux-tu savoir ce qu'elle ressent ? Va lui parler, suggéra-t-il. Et veille à ce qu'elle reste avec toi pour le moment.

— J'en ai bien l'intention, répondit Tate en pensant au cauchemar que serait la perte définitive de Lara. Il n'y survivrait pas.

— Je te rappellerai plus tard pour savoir comment ça se passe, lui dit Travis avec inquiétude.

— Merci, Travis. Sincèrement. J'apprécie que tu aies pris la peine de me prévenir, dit Tate.

Il savait que Travis ne parlait à personne de son étrange talent. Mais ils étaient amis de longue date, alors il avait pris le risque.

— Prends soin de toi, conclut Travis.

— Toi aussi, répondit Tate avant de raccrocher.

Il glissa le téléphone dans sa poche. Son esprit tourbillonnait.

Lara ne le croirait jamais s'il lui disait qu'il avait un ami doté du don de voyance. Elle monterait tout de même à bord de cet avion. Lara était en danger, Travis pouvait le sentir dans ses tripes.

— Allons-y, mon garçon. J'ai du pain sur la planche, dit-il en tirant délicatement sur la laisse de Shep afin de le guider en direction de la maison.

Il profita de cette courte marche pour réfléchir et sortit finalement son téléphone de sa poche en arrivant devant la maison. Tate avait un plan, bien que drastique. Lara serait en colère, mais sa colère était préférable à sa mort.

Il passa donc quelques appels.

Lara n'avait pu contenir ses larmes en serrant Shep dans ses bras pour la dernière fois. Elle avait également pleuré en disant au revoir à Aileen et Chloé. À vrai dire, elle avait passé la journée à lutter vainement contre ses larmes.

Elle soupira en s'installant dans le siège passager de l'hélicoptère, puis elle porta son attention sur la partie fermée de l'aérodrome privé.

De toute évidence, l'enquête n'était toujours pas terminée et la zone était toujours bouclée.

Sans cette enquête, Tate et moi ne nous serions jamais rencontrés.

Malgré ses efforts, Lara n'arrivait pas à regretter cette rencontre. Il lui avait ouvert les yeux sur de nombreuses choses, et plus particulièrement sur sa propre sexualité. Cependant, Lara n'avait aucune envie d'explorer cette nouvelle sexualité avec quiconque autre que lui.

Tate était resté silencieux la majeure partie de la journée et ne s'était adressé à elle que pour lui dire qu'il devait sortir s'occuper de quelques affaires. Ce fut douloureux qu'il ne veuille pas passer ces dernières heures en sa compagnie, mais c'était probablement mieux ainsi.

Ils s'envoleraient pour Denver où ils se diraient au revoir de façon précipitée, ce qui laisserait peut-être le temps à Lara de cacher ses larmes.

Le décollage fut rapide. Lara eut l'impression que son estomac était resté au sol tandis que le reste de son corps était bel et bien à bord de l'hélicoptère. Elle regarda en bas et ne vit que d'immenses pins ainsi que des espaces naturels vides d'habitations. Au loin, elle pouvait voir le ranch ainsi que les terres de Blake. La seule construction qui se trouvait à proximité de la propriété de Blake était le centre équestre de Gabe.

Lara resta muette tout en contemplant les paysages du Colorado. Enfin, elle s'intéressa à leur position ainsi qu'au cap suivi par l'hélicoptère.

Elle ne tarda pas à comprendre qu'ils ne se dirigeaient pas vers Denver.

— Où allons-nous ? demanda-t-elle tandis que Tate s'apprêtait à atterrir.

— Je veux te montrer quelque chose, répondit-il simplement.

— Il ne nous reste pas beaucoup de temps avant le départ de mon vol, dit-elle.

Non seulement Lara devait arriver un peu en avance, mais ils étaient déjà en retard après avoir passé un peu trop de temps avec Chloé et la mère de Tate.

— Ce ne sera pas un problème, répondit-il nonchalamment.

— Bien sûr que c'est un problème. Mon vol ne va pas m'attendre et son départ est prévu à l'heure. Je décolle dans moins de deux heures. Nous n'avons pas le temps de nous arrêter, dit-elle avec anxiété tandis que Tate abaissait l'appareil au milieu d'une forêt de pins.

Elle ne doutait pas de sa capacité à se poser en toute sécurité, mais elle ne comprenait absolument pas ce qu'ils faisaient ici. Ils étaient au milieu de nulle part et certainement pas à proximité d'une zone aéroportuaire.

— Il n'y aura aucun problème, insista Tate.

— Comment peux-tu être si sûr de toi ?

— Parce que je ne t'emmène pas à l'aéroport, ajouta-t-il.

Lara regarda frénétiquement autour d'elle et ne vit rien d'autre que des montagnes et des arbres.

Une fois l'appareil posé, Tate arrêta les moteurs et Lara ôta son casque.

— Mais bon sang, qu'est-ce que tu fais, Tate ?

À son tour, il ôta son casque et la regarda droit dans les yeux.

— Je fais de toi ma prisonnière temporaire, l'informa-t-il.

Lara resta bouche bée tout en le regardant descendre de l'hélicoptère sans lui donner davantage d'explications.

Mais que lui arrive-t-il ?

Elle ouvrit la porte et regarda à l'extérieur. Ils étaient entourés par la nature. La zone d'atterrissage avait été déblayée, mais les environs étaient intégralement enneigés.

Tate s'approcha d'elle, la souleva de son siège, puis referma la porte derrière elle après l'avoir déposée au sol.

Fort heureusement, Lara portait ses bottes. La neige lui arrivait aux genoux.

— Tate, nous devons y aller. Mon vol…

— Ton vol va partir sans toi, l'interrompit-il. Il va se passer quelque chose avec cet avion. Quelque chose de mauvais. Je préfère que tu en sois aussi loin que possible.

À côté de lui, Lara avançait difficilement dans la neige bien que Tate lui tînt la main pour assurer son équilibre.

— Es-tu au courant de quelque chose ? Si une attaque est prévue, nous devons agir…

— Pas vraiment, intervint Tate. J'ai un ami qui fait des rêves prémonitoires. Il m'a vu endeuillé après ta disparition dans un accident d'avion. Et c'est un rêve que je ne souhaite pas voir devenir réalité. Je ne prendrai pas ce risque.

Au loin, Lara pouvait distinguer l'arrière d'un petit chalet.

— Tu as un ami qui fait des rêves prémonitoires ?

— Je sais que cela peut sembler fou, mais Travis peut vraiment voir les choses. Il m'a déjà sauvé la vie et il a également sauvé la vie de sa propre femme.

Lara ne le prenait absolument pas pour un fou. Elle croyait au don de voyance, mais…

— Les rêves prémonitoires sont assez imprévisibles, lui dit-elle en arrivant devant la porte située à l'arrière du chalet. Je ne pense pas que ce soit fou, mais je ne peux pas vivre ma vie en fonction des rêves de quelqu'un que je ne connais même pas. Cela pourrait se produire dans de nombreuses années, ou bien ne jamais se produire du tout, remarqua-t-elle.

— Mais moi je le connais bien. Et ses prémonitions sont malheureusement assez précises. Ses rêves sont rares et ne concernent que des gens proches de lui ou de sa famille. Travis et moi sommes amis depuis des années, répondit-il.

Tate déverrouilla ensuite la porte avec une clé récupérée sous le paillasson, puis il l'ouvrit.

— Alors ta seule solution était de faire de moi ta prisonnière ? demanda-t-elle en posant ses mains sur ses hanches.

— Si je t'en avais parlé, aurais-tu accepté de prendre un autre vol ?

— Non, répondit-elle avec honnêteté.

— Dans ce cas, oui, c'était ma seule option.

— Combien de temps as-tu l'intention de rester ici ? demanda-t-elle en ressentant une colère croissante.

Tate avait peut-être l'impression de bien faire, mais elle ne connaissait pas son ami et cette décision aurait dû venir d'elle. Il n'existait que très peu de cas avérés de véritables rêves prémonitoires.

De surcroît, ces rêves manquaient cruellement de précision pour pouvoir se prémunir de quoi que ce soit. Lara ne doutait pas de ce que lui disait Tate. Le pouvoir de l'esprit humain était encore un mystère, ce qui expliquait sa fascination pour la psychologie. Mais elle ne pouvait pas organiser sa vie en fonction d'un hypothétique accident aérien pouvant avoir lieu dans un futur plus ou moins proche.

Une fois à l'intérieur du chalet chauffé, tous deux ôtèrent leur veste d'hiver.

— Autant de temps que nécessaire, répondit Tate tout en s'enfonçant dans le chalet.

Lara le suivit en regardant tout autour d'elle. Le chalet était constitué d'une pièce très spacieuse. Les murs étaient faits de rondins et le haut plafond était orné d'énormes poutres. Une kitchenette se trouvait à l'autre extrémité de la pièce. À côté d'elle, un poêle à bois produisait beaucoup de chaleur et le reste du chalet était décoré de charmants meubles rustiques. En balayant la pièce du regard, elle découvrit également un lit king size entouré d'un baldaquin sculpté dans du bois massif. Les finitions semblaient même avoir été faites à la main.

— Tate, ce n'est pas raisonnable. Il ne va probablement rien se passer. Les rêves prémonitoires ne sont généralement que de simples coïncidences, dit-elle en essayant de se montrer logique face à l'homme le plus rationnel qu'elle avait jamais connu.

Devant l'inquiétude manifeste de Tate, Lara avait du mal à rester en colère.

— Je le sais bien. Mais je ne veux prendre aucun risque. Travis a trop souvent eu raison, grogna-t-il.

— Et si rien ne se passe ?

— Je voudrais qu'on reste ici un petit moment, avoua Tate.

— Combien de temps ?

— Jusqu'à ce que je puisse te pousser à m'aimer, répondit-il d'un ton guttural.

Son regard était intense.

Une boule se forma dans la gorge de Lara et son cœur se mit subitement au galop. Elle déglutit difficilement et balbutia :

— Pourquoi ?

— Je veux que tu m'aimes autant que moi je t'aime, répondit-il.

Tate arpenta alors nerveusement l'énorme pièce.

— Honnêtement, je doute que cela soit possible. Je t'aime tellement que je n'arrive même plus à penser de façon rationnelle. Tu m'obsèdes. Je ne pense plus qu'à toi. J'ai toujours peur qu'il t'arrive quelque chose. Et je pense que je vais perdre la raison une fois que tu seras partie.

Lara réprima un sanglot en observant Tate se déplacer comme un lion en cage. Son agitation et sa vulnérabilité lui brisaient le cœur.

Il m'aime.

Non seulement Tate était amoureux d'elle, mais ce qu'il ressentait pour elle était manifestement tout aussi fort que ce que Lara ressentait pour lui. Des larmes se mirent à couler sur ses joues. Tate était vêtu d'un jean ainsi que d'un pull vert forêt. Il glissa nerveusement sa main dans ses cheveux déjà hirsutes.

Enfin, il s'arrêta juste devant elle.

— Dis-moi ce que je dois faire et je le ferai, grogna-t-il vivement.

Ses yeux étaient en ébullition, animés par une tornade d'émotions puissantes et intenses.

— Dis le moi. Je n'ai aucune limite, ajouta-t-il.

Un désir sexuel soudain s'empara de Lara. Ses mamelons se dressèrent et son entrejambe se languit de Tate. Sa déclaration d'amour l'excitait au plus haut point tandis que sa vulnérabilité lui brisait le cœur.

— Tu n'as rien à faire, avoua-t-elle.

— Alors il n'y a pas d'espoir pour moi ? demanda-t-il avec chagrin.

Le cœur de Lara manqua un battement.

— Aucun espoir pour moi non plus, murmura-t-elle. Je crois que je suis tombée amoureuse de toi lorsque tu as pris la peine de me garder des gaufres au buffet, lui dit-elle d'un ton plus léger. Et je me suis autorisée à tomber amoureuse jusqu'à atteindre le point de non-retour.

Après sa déclaration d'amour, elle n'avait aucune envie de revenir en arrière. Elle voulait simplement être avec Tate.

— Tu m'aimes ? demanda-t-il d'un air stupéfait.

— Je t'aime tellement que c'en est douloureux, répondit-elle tout en essuyant ses larmes.

Tate enroula ses bras musclés autour de son corps et la serra si fort contre lui que Lara pouvait à peine respirer, mais elle s'en fichait. Elle passa ses bras à son cou, s'enivra de son odeur et se noya dans l'amour qu'elle ressentait pour lui.

— Pourquoi ne m'as-tu rien dit, bébé ? Bon Dieu, je t'aime tellement, dit-il avec insistance.

— J'avais peur de te le dire. Je pensais que l'amour était pour toi un fardeau dont tu ne voulais pas t'embarrasser.

— Ai-je déjà donné l'impression que tu étais un fardeau ? gronda-t-il.

— Non, répondit-elle.

Lara avait passé son enfance à avoir ce sentiment vis-à-vis de sa tante et de son oncle, mais jamais en compagnie de Tate.

— J'imagine que mes insécurités me jouent des tours. Je suis désolée. J'ai bien failli partir sans te le dire. Je n'aurais pas dû hésiter à te le dire, je n'aurais pas dû me soucier de ta réaction.

— Même si tu ne m'avais rien dit, je n'en serais pas resté là, déclara-t-il sans hésiter. Je serais allé te retrouver et j'aurais fait tout ce qui est en mon pouvoir pour te donner envie d'être avec moi. J'aurais bien fini par y arriver, conclut-il avec assurance. Je ne plaisantais pas quand je t'ai dit que j'avais besoin de toi, bébé. J'aurais perdu la raison s'il n'y avait eu aucun espoir entre nous.

Le cœur de Lara était si plein d'amour que celui-ci semblait sur le point d'exploser.

— Je t'aime, Tate Colter.

— Bon Dieu, bébé. Je te vénère. J'aime absolument tout ce qui te caractérise. Je suis sidéré que tu ne t'en sois pas rendu compte.

Lara leva les yeux vers lui.

— Peut-être parce que j'étais éperdument amoureuse de toi. Et j'avais peur.

— L'idée que tu puisses me quitter est la seule chose dont j'ai eu peur dans ma vie, dit-il.

Tate plaça une main derrière la tête de Lara et posa ses lèvres contre les siennes.

Chapitre 15

Il l'embrassa comme pour lui prouver qu'il ne pouvait se passer d'elle. Sa bouche s'empara de la sienne jusqu'à ce que Lara soit haletante et hébétée.

— J'ai besoin d'être en toi, Lara. Tout de suite, exigea-t-il en ôtant ses lèvres des siennes.

Sa respiration était lourde et saccadée.

— Oui, s'il te plaît, répondit-elle en s'empressant d'ouvrir son pantalon.

Ils se déshabillèrent en un temps record.

Le cœur de Lara battait frénétiquement. Face à un Tate désormais entièrement nu, elle retint son souffle. Elle posa ses mains sur ses épaules et les glissa lentement sur son buste.

— Tu es si beau. Je n'arrive pas à croire que tu sois amoureux de moi, dit-elle.

La main de Lara entra en contact avec sa verge en érection qu'elle n'hésita pas à saisir.

— Crois-le, répondit-il d'une voix grave et insistante. Tu es à moi, Lara. Tu seras toujours à moi.

Aussi orgueilleux que cela puisse paraître, Lara ne pouvait pas le contredire. Son cœur lui appartiendrait pour l'éternité. Lara serra délicatement son sexe dans sa main.

— Cela signifie-t-il que c'est à moi ? demanda-t-elle avec séduction.

— Tout est à toi. L'ensemble de mon corps t'appartient, avec ses défauts et ses qualités, dit-il d'une voix rauque.

Tate glissa ses doigts entre ses cuisses et caressa la chaleur humide qui témoignait de son excitation.

— Tu es à moi. Entièrement à moi, insista-t-il.

— Alors prends-moi, le supplia-t-elle.

Lara avait besoin de le sentir en elle, d'être liée à lui.

Tate l'embrassa vigoureusement, puis il la retourna et l'incita à placer ses mains sur le bras du canapé. Lara ferma les yeux, le sentant lui saisir les fesses.

— Je crois que je ne vais pas pouvoir me retenir, l'avertit-il.

— Ne te retiens pas, dit-elle, impatiente de se faire envahir.

Elle haleta lorsqu'il glissa ses doigts entre ses cuisses pour caresser son clitoris avec avidité et possessivité. Il glissa deux de ses doigts en elle et les fléchit légèrement afin d'appuyer sur une zone sensible. Cela lui procura une sensation qui la rendit complètement folle.

— Tate, gémit-elle.

Son corps était tendu et tremblant.

— Dis-moi, Lara. Je t'écoute, dit-il tout en continuant son assaut sensuel.

— Je t'aime, cria-t-elle tandis que Tate intensifiait la pression sur son clitoris.

Il la pénétra avec ses doigts. Plus fort, plus vite.

— Oh mon Dieu, convulsa-t-elle.

— Jouis pour moi, Lara. Laisse-toi aller, ordonna-t-il.

Elle n'avait pas vraiment le choix. Son orgasme la frappa de plein fouet et s'intensifia lorsque Tate retira ses doigts pour l'empaler avec sa verge, le tout ponctué d'un grognement d'extase. Lara s'agrippa au tissu du canapé en sentant un autre orgasme croître en elle.

— Je ne peux pas jouir une deuxième fois, haleta-t-elle sauvagement.

L'expérience était si intense et si accablante qu'elle craignait de s'effondrer.

— Bien sûr que tu peux jouir une deuxième fois, grogna Tate en agrippant les cheveux de Lara pour la pousser à relever la tête.

— Regarde-nous, dit-il.

Le regard de Lara se posa alors sur un spectacle si charnel et si érotique qu'elle faillit jouir rien qu'en regardant le visage de Tate. Le grand miroir appuyé contre le mur opposé lui renvoyait le reflet d'elle et Tate en pleine action. Sa poitrine ainsi que l'ensemble de son corps étaient secoués par les coups de reins de Tate. Les sensations physiques ainsi que l'image que lui renvoyait le miroir la poussèrent au bord du gouffre. Tate ressemblait à un guerrier de la Rome antique.

— Plus fort, gémit-elle.

En plus de dominer son corps, Tate lui tirait les cheveux de façon érotique. Cette image sensuelle resterait à jamais gravée dans sa mémoire.

Tate s'exécuta et la pénétra aussi fort que possible, s'enfouissant intégralement en elle lors de chaque mouvement. Simultanément, Lara poussait ses fesses en arrière, leurs corps s'entrechoquant bruyamment.

Tate était sur le point de la faire jouir, mais elle n'était pas sûre d'y survivre.

Il lâcha ses cheveux et glissa sa main dans son dos. Lara garda les yeux rivés sur le miroir situé devant elle afin de ne pas en perdre une miette. Le visage de Tate était crispé de plaisir.

— Tu es à moi, déclara-t-il brutalement.

Dans le miroir, il la regarda droit dans les yeux

— Oui, gémit-elle sans rompre ce contact visuel.

Tate glissa une de ses mains le long de son ventre afin d'atteindre son clitoris. Il s'en empara sans ménagement et le fit glisser entre son pouce et son index.

Une alliance de plaisir et de douleur lui transperça le corps. La sensation était si intense qu'il ne fallut rien de plus pour libérer un orgasme plus puissant encore que le précédent.

— C'est ça, bébé. Jouis pour moi, insista-t-il avec domination.

Lara implosa comme si son anatomie répondait aux ordres de Tate. Les parois de son vagin se contractèrent en des spasmes violents.

L'orgasme était si accablant qu'elle dut baisser la tête et rompre le contact visuel avec Tate.

— Relève la tête. Je veux te regarder, grogna-t-il en saisissant à nouveau ses cheveux pour la pousser à regarder dans le miroir. Te regarder jouir est ce qu'il y a de plus sexy au monde, ajouta-t-il sans interrompre ses mouvements.

— Je t'aime, cria Lara.

— Je t'aime aussi, bébé, répondit-il d'une voix étranglée tout en s'enfouissant en elle une dernière fois avant de trouver sa propre délivrance.

Leurs corps frémissants, Tate enroula ses bras autour de sa taille le temps que la tempête se calme.

— Doux Jésus, tu vas finir par me tuer. Même si je serais prêt à mourir comme cela, murmura-t-il contre son oreille en se penchant sur son corps.

Son torse se gonflait et se dégonflait au rythme de sa respiration difficile. Tate souleva Lara dans ses bras et la porta jusqu'au grand lit où il s'effondra tout en la protégeant contre lui.

Lara s'empressa de s'écarter pour le laisser respirer, puis elle se blottit à côté de lui. Tate prit sa main et glissa ses doigts entre les siens.

— Pourquoi as-tu un chalet ici, au milieu de nulle part ? demanda-t-elle tout en caressant son torse sculpté, incapable de se retenir de le toucher.

— Cet endroit n'est pas à moi, avoua Tate. C'est à Gabe. Il vient ici pour la saison de pêche. Je lui ai demandé si je pouvais y séjourner.

— C'est plutôt luxueux pour une cabane de pêcheur, souligna Lara en regardant les tapis finement tissés, le sol en bois poli ainsi que le beau mobilier, sans parler du lit incroyablement confortable sur lequel elle était actuellement allongée.

— À quelle distance sommes-nous des principaux axes routiers ? demanda-t-elle.

Tate se positionna au-dessus d'elle et plaqua ses mains contre le matelas.

— Pourquoi ? Est-ce que tu prévois de t'évader ? demanda-t-il en ne plaisantant qu'à moitié.

— Non. Je me demandais juste si nous aurions assez de nourriture jusqu'à la fin de la tempête.

Tate se mit à rire, un son plein de gaieté qui fit enfler le cœur de Lara.

— J'aurais dû me douter que tu serais inquiète à propos de la nourriture, sourit-il. Ne t'inquiète pas, j'ai tout prévu. Gabe a demandé aux gardiens de veiller à ce que nous ayons suffisamment de provisions.

— J'imagine que je suis chargée de cuisiner, soupira-t-elle en plaisantant.

— Tu peux m'apprendre, répondit-il en lui souriant.

Cette fossette me fait systématiquement chavirer.

Lara glissa tendrement son doigt sur ce trait qui rendait son visage si unique.

— Si tu en as envie. Sinon, ça ne me dérange vraiment pas de cuisiner. J'aime cuisiner.

— J'ai envie d'apprendre. Comment ferai-je si un jour tu es malade et que tu ne peux pas préparer à manger ? Et si je dois prendre soin de toi ? demanda-t-il avec une inquiétude sincère.

Lara lui sourit.

— On ne peut pas vraiment dire que tu manques de moyens. Tu pourras embaucher quelqu'un.

— Personne d'autre que moi ne prendra jamais soin de toi, répondit-il avec fermeté. Je préfère donc apprendre à cuisiner.

Lara se garda de lui dire qu'elle n'avait besoin de personne pour s'occuper d'elle-même. Sa déclaration était trop touchante pour lui répondre quoi que ce soit.

C'est avec curiosité que Lara regarda Tate se glisser hors du lit et se diriger entièrement nu et d'un pas nonchalant vers la porte d'entrée. Elle était incapable d'ôter son regard de ses fesses magnifiques. Tate fouilla dans les poches de sa veste, suspendue à un crochet, puis il en sortit quelque chose et revint vers elle.

D'un air presque timide, il s'agenouilla à côté du lit.

— J'ai acheté ceci peu de temps après notre mésaventure en territoire terroriste. J'espère que cela suffira à te signifier combien je suis fou de toi.

Lara retint son souffle lorsque Tate lui tendit un petit écrin habillé de velours. Elle expira lentement et, du bout de ses doigts tremblants, elle souleva le couvercle de l'écrin.

— Oh mon Dieu. Tate.

— Épouse-moi, Lara. Reste avec moi pour toujours.

Dans son lit de velours se trouvait la plus belle bague que Lara avait jamais vue. Celle-ci était constituée d'un énorme diamant serti sur un anneau d'inspiration ancienne qui semblait être en platine. La pierre centrale était elle-même entourée de plus petits diamants de façon circulaire.

— Je ne sais pas quoi dire.

— Contente-toi de dire oui, répondit-il immédiatement d'un ton à la fois exigeant et désespéré.

— Oui, dit-elle en levant les yeux vers lui.

Ils s'aimaient depuis le début.

Ils s'acceptaient l'un l'autre tels qu'ils étaient.

Tate sortit le bijou de sa boîte pour le passer au doigt de Lara.

— C'est parfait. Comment as-tu fait pour connaître ma taille ?

— J'ai dit au vendeur que tu avais de jolis doigts, longs et fins, qui me font jouir chaque fois que tu me touches, répondit-il on ne peut plus sérieusement.

Amusée, Lara frappa jovialement l'épaule de Tate.

— Arrête de me raconter des histoires.

— J'ai deviné ta taille, répondit-il avec un haussement d'épaules. Je me suis souvenu avoir acheté une bague à Chloé pour célébrer la fin de ses études. Je me suis basé sur sa taille pour essayer de déterminer la tienne. Mais nous pouvons la faire ajuster ou même la remplacer si celle-ci ne te plaît pas.

— Je l'adore, soupira-t-elle.

Les diamants scintillaient et reflétaient la lumière tandis qu'elle tournait sa main sous plusieurs angles.

Tate monta sur le lit et grimaça en examinant sa main.

— Peut-être que j'aurais dû opter pour un plus gros diamant.

— J'espère que tu plaisantes. Avec un diamant plus gros que celui-ci, je ne pourrais même plus soulever ma main, rit-elle en se blottissant contre lui.

— Je veux que tout le monde sache à qui tu appartiens, dit-il obstinément.

— Ne t'inquiète pas. Je pense que tout le monde sera au courant puisque je serai ta femme. Et cette belle bague n'échappera à personne. Merci.

— Merci, répondit Tate.

— Merci pour quoi ?

— Merci de m'aimer, précisa-t-il d'une voix rauque en enroulant un peu plus fermement ses bras autour d'elle.

— Chloé va bientôt se marier. Je ne veux pas lui voler la vedette. Il y a longtemps que c'est prévu. Penses-tu que nous pourrions nous enfuir pour nous marier secrètement ? demanda-t-elle.

En réalité, Lara espérait que le mariage de Chloé n'aurait jamais lieu.

— Tu mérites aussi une cérémonie, bébé.

— Je n'aime pas vraiment les cérémonies de mariage. Je n'aime pas la foule, le bruit ainsi que toute l'attention portée aux mariés. Honnêtement, la cérémonie de mes rêves serait terminée en moins de dix minutes, avoua-t-elle.

Tate se redressa afin d'observer son visage.

— Ah oui ? Tu ne dis pas ça simplement parce que Chloé va également se marier, n'est-ce pas ?

— Non. Je suis sérieuse. Je ne veux pas d'un mariage extravagant. Je sais que tu es milliardaire et que la famille Colter est célèbre. Si cela implique une grande fête de mariage, alors je le ferai...

— Personne ne me force jamais à faire quoi que ce soit, l'interrompit-il. Et sache que je déteste les mariages tout autant que toi. Bon Dieu, nous nous sommes bien trouvés, dit-il avec un grand sourire.

— Las Vegas ? suggéra-t-elle.

— Dès que la météo nous le permet, acquiesça Tate.

— D'ici là, nous devrions trouver de quoi nous divertir.

— La tempête arrive. Nous ne pourrons pas nous divertir en plein air mais je vais faire de mon mieux pour t'occuper, dit-il avec un clin d'œil.

— Tant mieux. Je commence déjà à m'ennuyer, lui dit-elle malicieusement.

— Je vais tout de suite remédier à cela, répondit-il avec amusement avant de l'embrasser tendrement.

Tate guérit immédiatement son ennui et veilla à ce que la nuit se déroule sans un seul instant de monotonie.

Ce n'est que l'après-midi du lendemain que Tate découvrit que Travis avait eu raison...une fois de plus. Le vol que Lara devait prendre pour Washington s'était écrasé peu après le décollage en raison d'une panne mécanique. Aucun des passagers ni membres du personnel de bord n'avait survécu à l'accident.

Tate observa attentivement le visage de Lara tandis qu'elle essayait d'assimiler cette information. Son propre cœur battait frénétiquement alors qu'ils regardaient les dernières nouvelles à la télévision.

Ils n'avaient même pas eu le temps de s'habiller. Tate portait un pantalon de pyjama qu'il avait trouvé dans le placard, probablement celui de Gabe. Lara était vêtue d'un pyjama rose en coton. Dès son réveil, Tate avait marché jusqu'à l'hélicoptère pour récupérer les bagages de Lara.

— Oh mon Dieu, murmura-t-elle avec effroi.

Les yeux de Tate étaient rivés sur la télévision qu'il regrettait désormais d'avoir allumée. Lara aurait bien fini par l'apprendre, mais pas nécessairement aujourd'hui. Elle était si heureuse, si joviale. Tous deux étaient encore dans l'ivresse de leur amour.

— L'avion s'est écrasé, Tate. Mon vol. Tout le monde est mort, commenta-t-elle sans parvenir à ôter son regard de l'écran.

Il s'assit à côté d'elle sur le canapé et enroula ses bras autour de son corps pour la réconforter.

— Je sais, Lara. Je sais, dit-il.

Tate était lui-même sacrément secoué par cette triste nouvelle. Il avait envie de vomir rien que d'imaginer Lara sur ce vol, mais aussi pour tous les passagers qui se trouvaient à bord. Il aurait pu faire partie de tous ces gens qui pleuraient actuellement leurs proches.

— Ces pauvres gens, dit-elle avant d'éclater en sanglots.

Tate changea de chaîne, incapable de continuer à voir Lara souffrir une seconde de plus.

— Je pense que nous en avons assez vu.

Lara acquiesça mais elle continua de pleurer.

Tate la serra contre lui, profondément reconnaissant qu'elle soit là, saine et sauve.

— Je dois encore une fière chandelle à Travis.

— Que s'est-il passé la dernière fois ? Je suis désolée de ne pas t'avoir cru.

Tate haussa les épaules.

— Je dois dire que je n'y ai pas vraiment cru non plus la première fois que Travis m'a parlé de ses rêves. Mais ses mises en garde m'ont fait hésiter à accepter une mission supplémentaire quand j'étais dans l'armée. Ce qu'il m'avait dit tournait en boucle dans ma tête. À force d'hésiter, quelqu'un a pris ma place pour la mission en question. Personne n'a survécu.

— Tu comprends donc ce que je ressens, murmura-t-elle.

Oui, Tate comprenait très bien ce qu'elle ressentait : la culpabilité de ne pas être morte avec ces gens.

— Je sais ce que tu ressens, mais n'oublie pas que tout le monde serait mort, avec ou sans toi à bord de cet avion. Le fait que tu aies survécu ne change rien au sort de ces pauvres gens. Tu n'as donc pas à te sentir coupable d'être en vie.

— Est-ce que tu ressentais la même chose ?

— Oui, répondit-il en hochant la tête. Sauf que j'aurais dû être à la place de l'homme qui m'a remplacé. Il m'a fallu un certain temps pour m'en remettre.

Lara prit une profonde inspiration tremblante.

— Je dois rencontrer Travis. Il est incroyable. Si seulement il avait pu prévenir la compagnie aérienne.

— Je suis sûr qu'il a essayé. Mais il est absolument impensable qu'une compagnie aérienne annule un vol simplement parce qu'un parfait inconnu a rêvé d'une catastrophe. Dans le meilleur des cas, ils le prennent pour un fou. Ce don est un fardeau pour Travis. Cela ne lui arrive pas souvent. Je crois que c'est la première fois depuis qu'il a sauvé la vie d'Ally.

— Ally ?

— Aujourd'hui son épouse. Tu t'entendrais bien avec elle. Elle sait tenir tête à Travis. Elle était sa secrétaire.

Ally tenait Travis dans le creux de sa main, tout comme Lara avec Tate.

— Tu as raison. Je suis sûre que nous pourrions être de très bonnes amies. Est-ce que tu les vois souvent ? demanda-t-elle avec curiosité.

Heureux de constater que Lara commençait à penser à autre chose, il lui répondit :

— Pas aussi souvent que je le voudrais. Ils habitent en Floride. Mais je travaille avec Travis dans l'association destinée aux femmes victimes de violence dont je t'ai parlé. C'est Asha, la femme de son frère Kade, qui est à l'origine de l'association.

— Travis et Kade Harrison ? demanda Lara avec surprise.

Tate fronça les sourcils face à l'émerveillement manifeste de Lara.

— Est-ce que tu as entendu parler d'eux ?

— Qui diable n'a pas entendu parler d'eux ? rit-elle. Kade Harrison est un célèbre quarterback milliardaire et Travis Harrison est un homme d'affaires brillant. Leur contribution est formidable.

— Notre contribution n'est pas seulement financière. Nous gérons toute l'organisation. Jason Sutherland gère les finances, nous nous occupons de la collecte de fonds et de la communication.

— Doux Jésus ! Est-ce que tous les milliardaires du pays sont impliqués ? Jason Sutherland travaille aussi avec vous ?

— Tous les milliardaires du pays ne sont pas impliqués...pas encore. Mais nous y travaillons activement, répondit-il, fier de l'association qu'ils avaient créée pour lutter contre les violences conjugales.

— J'aimerais beaucoup participer, songea Lara.

— Je te l'ai déjà proposé, répondit-il même s'il savait désormais pourquoi elle avait décliné son offre.

Maintenant que tu vas être ma femme, peut-être que tu peux changer d'avis. Je ne cherche absolument pas à t'empêcher de faire ce que tu désires. Si tu souhaites poursuivre ta carrière dans la FBI, alors je serai heureux de te suivre à Washington.

Aïe. C'est sacrément douloureux de lui dire cela.

En réalité, Tate était très inquiet à l'idée que Lara continue à mettre sa vie en danger en tant qu'agent du FBI. Mais d'un autre côté, il ne voulait pas qu'elle soit malheureuse. Il était donc prêt à la soutenir dans ses choix, quels qu'ils soient.

— J'aime le Colorado, avoua-t-elle. Et nous aurions de la famille ici.

Le cœur de Tate enfla de bonheur du fait que Lara se considère comme faisant partie de la famille Colter. Elle avait vécu trop longtemps sans une famille qui tenait véritablement à elle.

— Tu risques de les trouver parfois un peu difficiles à vivre, dit-il. C'était le cas de Tate. À vrai dire, sa famille pouvait parfois le rendre totalement dingue. Mais il aimait profondément ses proches et se considérait chanceux de faire partie de la famille Colter.

— La solitude a ses limites, dit-elle pensivement. J'adorerais avoir une famille.

— Eh bien, prépare-toi, bébé, parce que tu vas avoir une famille nombreuse, dit-il avant de marquer une pause. Comment te sens-tu à l'idée d'abandonner ta carrière ? Ou bien vas-tu simplement demander ton transfert au bureau de Denver ?

Bon sang. C'était tout aussi douloureux, mais il devait veiller à ce que Lara examine ses options. La décision devait venir d'elle.

— Il se trouve que je suis sur le point d'épouser un homme très riche, j'envisage donc de lui demander s'il est prêt à m'aider pendant que je reprends mes études.

Tate poussa un grand soupir de soulagement.

— Oh que oui. Il est plein aux as, dit-il avant de l'embrasser sur le front. Je dois admettre que je suis soulagé.

— Merci de ne pas chercher à m'imposer quoi que ce soit, même si mes choix risquent de ne pas te plaire.

— Je suis pleinement satisfait de tes choix, lui dit Tate avec enthousiasme.

— C'est agréable de savoir que tu vas être le genre de mari qui me soutiendra dans mes décisions. Tu es un homme très spécial, dit-elle en se blottissant contre son torse.

Tate n'avait pas du tout l'impression d'être spécial. De façon totalement égoïste, il souhaitait qu'elle quitte son poste de terrain, mais...

— Je veux que tu sois heureuse, dit-il avec sincérité.

— Je sais. Je veux la même chose pour toi. Est-ce que tu vas finir par me dire ce que tu fais encore pour le gouvernement ?

— Je ne fais plus grand-chose et je ne fais rien de dangereux, mais je travaille toujours pour eux en tant que consultant. S'ils sont confrontés à des difficultés pour une mission des forces spéciales, je leur donne mon opinion. Je ne vais plus sur le terrain. Mon intervention est strictement stratégique.

— Tu es donc un génie de la stratégie militaire ? le taquina-t-elle.

— À vrai dire...oui, c'est précisément ce que je suis. Je l'ai toujours été, répondit-il.

Tate était doué dans son domaine, alors pourquoi le nier ? Il n'était pas vraiment du genre modeste et il voulait de surcroît que Lara sache précisément qui il était, qu'elle connaisse ses forces...et ses faiblesses.

— Et est-ce que tu vas enfin me dire ce que tu faisais précisément dans les forces spéciales ?

— Je travaillais ? tenta-t-il.

— Tate ! le menaça-t-elle.

— L'équipe dont je faisais partie est invisible pour les civils, mais aussi pour une grande partie de l'armée. La plupart de nos opérations étaient totalement secrètes. En dehors de notre équipe et de quelques hauts gradés, tu es la seule à être au courant de notre existence. Je ne pouvais même pas dire à ma famille ce que je faisais précisément, alors je les ai laissés croire que j'étais un Navy Seal. C'est d'ailleurs après ma formation de Navy Seal que j'ai été recruté. Ils cherchaient un autre pilote pour leur équipe, expliqua-t-il.

Lara étant une femme très intelligente, elle avait déjà compris tout cela, mais il confirma ses soupçons.

— Je n'en parlerai à personne. Je jure que je l'emporterai dans ma tombe, répondit-elle solennellement.

Un frisson traversa le corps de Tate. Ce que Lara venait de dire rappela à sa mémoire qu'elle aurait pu mourir aujourd'hui.

— Le plus tard possible, grogna-t-il.

— Est-ce que le terrain te manque ?

— Ça m'a manqué pendant longtemps, répondit-il après quelques secondes de réflexion. Je vivais pour mon métier, tout comme toi en tant qu'agent. J'étais aussi proche de mon équipe que de mes propres frères. Nous vivions, mangions, dormions et travaillions ensemble. Renoncer à ce genre de travail, c'est comme perdre une partie de soi. Mais je ne pouvais pas continuer toute ma vie. J'étais perdu pendant un long moment, je ne faisais que tourner la page, petit à petit. Aujourd'hui, je suis heureux d'avoir arrêté, sans quoi nous ne nous serions probablement jamais rencontrés.

— Et l'accident dans lequel tu as été blessé ?

— C'était au cours d'une mission assez risquée. Nous avons été pris pour cible avant d'atteindre notre objectif. J'ai eu beaucoup de chance de pouvoir poser l'hélicoptère sans plus de dégâts, mais l'impact n'a pas été sans conséquence. Ma blessure était la plus grave de l'équipe. Les autres ont pu évacuer l'appareil, dit-il. L'intégralité de cette opération fut un échec, mais au moins personne n'est mort.

— Qui t'as aidé à en sortir ? demanda Lara.

— Mon équipe. Ils ont dû me porter sur plusieurs kilomètres avant l'arrivée des secours.

— Tu les as laissés te porter ?

— Je n'avais pas le choix. Soit ils me portaient, soit je me vidais de mon sang en territoire hostile. Aujourd'hui encore, je m'estime chanceux d'avoir survécu.

— Tu étais donc le seul blessé. Était-ce intentionnel ? demanda Lara en le regardant avec suspicion.

Tate se contenta de hausser les épaules. Il n'avait pas vraiment envie de lui dire qu'il était prêt à sacrifier sa vie pour sauver le reste de son équipe. Lors de l'atterrissage d'urgence, il avait fait en sorte que le point d'impact soit de son côté de l'hélicoptère.

— J'étais leur supérieur hiérarchique et leader de la mission, dit-il. Tate ne répondit pas vraiment à sa question, mais le joli visage de Lara arbora un air compréhensif qui lui fit comprendre qu'il n'avait pas à en dire plus.

Tous deux se regardèrent droit dans les yeux et Tate eut l'impression de se noyer dans l'amour qu'elle avait pour lui. Lara le regardait comme s'il était tout pour elle. Et il la regardait exactement de la même manière.

Il couvrit alors sa bouche avec la sienne parce qu'il le fallait, parce qu'il en avait besoin. Tate avait bien failli la perdre pour de bon. Sans elle, il aurait été un homme brisé. Ressentant le besoin de sentir la chaleur de sa peau soyeuse sous ses doigts, il glissa ses mains sous son haut de pyjama. Il ôta ensuite sa bouche de la sienne et l'aida délicatement à retirer son pyjama en coton, lui permettant de toucher et d'embrasser chaque centimètre carré de sa peau nue, vénérant son corps comme il chérissait son cœur.

Tate se leva et se débarrassa de son propre pantalon de pyjama. Il lança un sourire maléfique à Lara en révélant une absence totale de sous-vêtements. Il resta immobile pendant une minute et contempla Lara. Ses longs cheveux blonds étaient ébouriffés et flottaient sur ses épaules et sur son visage.

Lara se mordit les lèvres.

— Prends-moi, réclama-t-elle.

Tate abaissa son corps sur le sien avec précaution. Il écarta les cheveux de son visage et glissa un doigt sur sa joue.

— Non, bébé. Je vais plutôt faire l'amour à ma fiancée, dit-il avant de prendre sa main gauche et d'embrasser la bague qui ornait son annulaire, puis il glissa ses doigts entre les siens.

Il fit pareil avec sa main droite.

Lara enroula instinctivement ses jambes autour de sa taille.

— Je t'aime tellement, murmura-t-elle, ses yeux emplis de larmes.

Tate ajusta sa position et grogna en sentant son vagin l'accueillir avec désir.

— Je t'aime aussi, Lara. Je t'aimerai toujours.

Tate savoura chaque instant en elle, enveloppé de son amour. Il la pénétra encore et encore, sans aucune précipitation. Ensemble, ils se rapprochèrent du point culminant et Tate adora sentir les ongles de Lara dans son dos lors de son orgasme.

Il enfouit enfin son visage dans sa chevelure tandis que les parois de son vagin se resserraient autour de lui jusqu'à lui permettre de jouir à son tour.

Elle est à moi.

Tate la serra contre lui de façon possessive et protectrice, profondément reconnaissant qu'elle soit toujours avec lui. Les choses auraient pu se passer bien différemment et il se jura de ne jamais prendre son amour pour acquis. Tout pouvait disparaître, perdu en un instant, et personne ne savait mieux cela que lui. Il traiterait donc chaque jour passé avec Lara comme un véritable cadeau.

— Dis-moi ce que tu voudrais – quoi que ce soit. Je veux te donner quelque chose, dit-il, désireux de lui montrer à quel point elle comptait pour lui.

Lara agrippa délicatement les cheveux de Tate pour le pousser à relever la tête et à la regarder.

— J'ai déjà tout ce que je souhaite, Tate. Je suis avec toi.

Tate ne se considérait pas vraiment comme une très grande récompense.

— Quoi d'autre ?

Lara examina son visage un instant, puis répondit :

— Eh bien, je viens d'avoir trente ans. J'aimerais avoir un bébé dans les prochaines années. Je crois que je vais avoir besoin de ton aide pour mener ce projet à bien puisque nous serons mariés.

Le cœur de Tate fit un bond. Un bébé ? Il ne s'était encore jamais projeté si loin, mais il n'avait désormais aucune difficulté à imaginer cela. Jouer avec un enfant. Rire avec un enfant. Aimer un enfant. Ce serait merveilleux.

— J'en serais heureux. Une petite fille avec tes yeux et ton sourire.

— Un petit garçon avec tes yeux et ta jolie petite fossette, le corrigea-t-elle.

— Un de chaque ? suggéra-t-il en bon compromis.

— Un bébé ne se fait pas vraiment sur commande, le taquina-t-elle.

— Je suis un Colter. Nous n'abandonnons jamais, souligna-t-il.

En réalité, Tate lui donnerait autant de bébés qu'elle le voudrait et il les aimerait tous autant les uns que les autres.

— Mon père a bien persévéré jusqu'à ce qu'il donne enfin une fille à ma mère.

— Je ne suis pas sûre de vouloir essayer autant de fois que ta mère, mais nous verrons. Dois-je donc considérer que j'ai ton approbation?

— Oh que oui. Je suis prêt à t'aider autant que nécessaire, répondit-il.

Tate était même prêt à l'aider plusieurs fois par jour. À vrai dire, il l'aiderait même si l'objectif n'était pas de concevoir un enfant.

— Je crois que je vais avoir besoin d'entraînement jusqu'à ce que tu sois prête. Beaucoup d'entraînement.

Lara éclata de rire, puis elle attira son visage vers elle pour l'embrasser.

C'est bien volontiers que Tate se laissa faire. Il n'avait absolument aucune réserve à propos de ce projet.

Épilogue

E t si elle change d'avis ? Et si elle ne vient pas ? Peut-être s'est-elle rendu compte que je suis un enfoiré ? dit Tate Colter en regardant Travis Harrison d'un air paniqué alors qu'ils se tenaient dans une petite chapelle de mariage à Las Vegas.

Travis croisa les bras et haussa un sourcil.

— Colter, elle sait déjà que tu es un enfoiré. Je l'ai prévenue. Mais pour d'obscures raisons, elle souhaite tout de même t'épouser. Elle va venir, répondit-il en tirant la manche de son costume sur mesure pour regarder sa montre.

— Bon Dieu, Tate, il n'est que midi, ajouta-t-il.

— Il est midi et une minute, le corrigea Tate en regardant sa propre montre.

— Lara est avec Ally, et je suis à peu près sûr que ma femme ne va pas s'enfuir avec elle. Il y a longtemps que j'ai surmonté cette angoisse. Mon épouse m'aime, dit Travis avec assurance.

— Lara m'aime aussi, répliqua Tate pour essayer de se calmer les nerfs.

Il aurait dû rester avec Lara au cas où elle panique à la dernière minute. Au lieu de cela, il s'était préparé avec Travis pendant que Lara choisissait une robe avec Ally.

Même s'ils se mariaient à Las Vegas, il voulait tout de même que leur mariage soit unique. Tate était vêtu d'un smoking et Travis portait un costume. Fort heureusement, Travis et Ally avaient pu se libérer pour les accompagner. Il avait pensé à ses frères, mais il lui semblait normal que Travis soit son témoin. Non seulement il avait sauvé la vie de Lara, mais cette dernière souhaitait le rencontrer. Il savait néanmoins que ses frères comprendraient son choix. D'autant plus qu'aucun d'entre eux n'était disponible ce week-end, Tate pourrait donc avancer cette excuse. Sans compte qu'ils détestaient les cérémonies de mariage, tout comme Tate.

Sauf que je ne déteste vraiment pas celle-ci puisqu'il s'agit de mon mariage avec Lara.

En réalité, il était vraiment impatient d'y être.

Une autre minute s'écoula et Tate commença à transpirer.

Où diable sont-elles ? Combien de temps leur faut-il pour acheter une robe ?

— Peut-être que je devrais l'appeler, dit-il à Travis.

Le chapelain, quant à lui, ne semblait pas du tout pressé. Et il ne l'était probablement pas compte tenu de la somme que lui octroyait Tate pour ses services.

— Non, tu n'as pas besoin de l'appeler. S'il y avait un problème, Ally m'aurait déjà prévenu, répondit Travis avec calme et nonchalance. Lara n'ira nulle part sans toi. Il est évident qu'elle est folle de toi. Détends-toi.

Plus facile à dire qu'à faire. Tate était si nerveux qu'il avait envie de s'arracher les cheveux.

Lui et Lara ne vivaient ensemble que depuis quelques semaines. Avait-il fait quelque chose de mal ? Bon. D'accord. Il lui arrivait parfois d'oublier d'abaisser la lunette des toilettes, mais il commençait à s'améliorer. Il avait même appris à faire un bon sandwich.

Comme Tate l'avait prévu, Lara adorait Las Vegas. Ils étaient arrivés quelques jours plus tôt pour voir les sites touristiques et Lara s'amusait bien aux machines à sous. Mais ce qu'elle aimait par-dessus tout, c'était les buffets à volonté. Tate grimaça en repensant à tous les buffets qu'ils avaient essayés. Certains avaient beau être convenables, la plupart étaient absolument immondes. Le seul qui lui convenait était le buffet du petit déjeuner servi à la station de Rocky Springs. Il n'y avait que des produits de qualité préparés par un excellent chef. Lara ne voyait manifestement pas la différence et était systématiquement ensorcelée par les grandes quantités de nourriture. Néanmoins, Tate prenait tant de plaisir à la regarder dévorer les plats qu'il ne voyait pas d'inconvénient à l'accompagner. Lara mangeait jusqu'à ne plus pouvoir marcher mais elle était toujours impatiente d'y retourner le lendemain.

Bon Dieu, elle est si adorable. Lara le comblait de bonheur et elle était sur le point de devenir sa femme.

Si seulement elle pouvait pointer le bout de son nez !

S'il se montrait parfaitement rationnel, Tate ne craignait pas vraiment qu'elle disparaisse. Il savait que Lara était bel et bien amoureuse de lui, mais il ne serait pas totalement satisfait tant qu'ils n'auraient pas prononcé leurs vœux de mariage.

En regardant Travis, Tate eut envie de lui ôter son petit sourire narquois des lèvres.

— Tu finiras bien par te défaire de cette peur irrationnelle, dit Travis d'un air amusé. Avec le temps, tu ne t'inquiéteras pour elle qu'une dizaine de fois par jour plutôt que vingt.

— Es-tu parvenu à ne t'inquiéter pour elle qu'une dizaine de fois ? demanda Tate avec espoir.

— Non. Mais j'y travaille. Je dois être à une quinzaine de fois, répondit-il timidement. Ce n'est pas facile d'aimer quelqu'un avec autant d'intensité, mais cela vaut largement toute l'inquiétude du monde. Crois-moi.

— Es-tu inquiet actuellement ? demanda Tate.

Parce que pour être honnête, il était carrément terrifié.

— Non. Ally m'a prévenu qu'elles seraient peut-être un peu en retard. Quand Lara a su que tu portais un smoking, elle voulait se trouver une tenue plus élégante.

— Elle sera belle quoiqu'elle porte, répondit Tate d'un ton catégorique.

— C'est une femme, remarqua Travis, comme si cela expliquait tout.

— Une femme qui pourrait bien me botter le cul, répliqua fièrement Tate.

— Exactement le type de femme qu'il te faut, Colter. Tu as besoin d'une femme capable de te dire de la fermer.

— En effet. C'est ce que j'aime chez elle. La plupart du temps, ajouta-t-il.

Travis se mit à rire.

Tate regarda son ami, un homme qui était encore il n'y a pas si longtemps excessivement sérieux, pointilleux et stressé. Aujourd'hui, il semblait détendu et entièrement satisfait.

— Es-tu vraiment heureux maintenant, Travis ? demanda Tate avec sérieux.

— Plus que je n'aurais jamais imaginé l'être un jour, mon pote. Et tu le seras aussi. Lara est une femme fantastique. Elle est parfaite pour toi. Elle veut rencontrer Asha au plus vite pour savoir si elle peut faire quelque chose avant même de reprendre ses études. Elle a vraiment envie de nous aider. Ta femme a un grand cœur, dit Travis avec sincérité.

Tate hocha la tête. L'étendue de son cœur ne lui était pas inconnue. — Je sais. J'aimerais juste qu'elle cesse de te serrer dans ses bras pour lui avoir sauvé la vie, dit-il.

Tate l'avait toléré une fois, mais Lara se jetait dans ses bras chaque fois qu'elle le voyait. Et il se fichait pas mal que Travis soit son meilleur ami, il ne voulait tout simplement pas que sa fiancée embrasse un autre homme.

Travis haussa un sourcil interrogateur.

— Monsieur se sent un peu possessif ? Je me souviens que tu aimais bien me taquiner avec Ally, il n'y a pas si longtemps.

Tate tressaillit en se souvenant avoir flirté avec Ally dans le seul but de mettre Travis en colère. Aujourd'hui, cela ne le faisait plus rire.

— Je le regrette maintenant, grogna-t-il.

Travis lui adressa un petit sourire satisfait.

— Bien. Dans ce cas, je ne dirais plus à Lara que j'apprécie ses câlins de gratitude.

Tate le foudroya du regard.

— Tu ne lui as pas dit cela, n'est-ce pas ?

— Peut-être bien que si, répondit Travis avec un haussement d'épaules.

Quel salaud ! Travis avait tout fait pour que Lara se jette dans ses bras chaque fois qu'elle le voyait.

— Recommence et je veillerai à serrer Ally dans mes bras chaque fois que je la verrai, menaça-t-il.

— D'accord, j'arrête, s'empressa de répondre Travis.

Travis est toujours fou d'elle.

Tate sourit parce qu'il savait que Travis aimerait Ally jusqu'à son dernier souffle. Tate avait beau prendre un malin plaisir à le taquiner, Travis méritait ce genre d'amour et il était profondément heureux pour lui. Surtout qu'il avait lui-même eu la chance de trouver le même genre d'amour.

Inquiet, Tate regarda à nouveau sa montre pour constater qu'il n'était que midi cinq.

Bon sang !

Travis lui donna un petit coup de coude.

— Respire, mon pote. La mariée vient d'arriver.

Tate se tourna vivement vers l'entrée de la chapelle, déçu de ne voir qu'Ally. Cependant, la femme de Travis était absolument ravissante dans sa robe lavande très légère qui flottait autour de ses mollets. Ses cheveux blonds étaient attachés au sommet de sa tête et de petites boucles libres encadraient son visage.

Travis se dirigea vers elle, l'embrassa et lui susurra quelque chose à l'oreille qui la fit rougir. Il lui offrit ensuite son bras, Ally l'accepta et se laissa guider dans la chapelle.

En passant, Ally sourit à Tate et se positionna face à l'endroit où Travis se tenait quelques instants plus tôt. Travis et Ally étant leurs seuls témoins de mariage, Travis ferait donc le travail de deux personnes. En plus de faire office de témoin, il escorterait également la mariée jusqu'à l'autel.

Ainsi, Travis retourna à l'extrémité de l'allée centrale et offrit son bras. Tate eut le souffle coupé en voyant Lara s'approcher de son ami. Il reprit difficilement son souffle en contemplant Lara, comme s'il avait reçu un coup de poing au ventre. Elle était magnifique, vêtue d'une robe blanche ornée de dentelle, avec des manches trois quarts et un corsage cintré. Elle tenait un bouquet de roses rouges et roses et ses cheveux étaient relevés. Elle avait un petit bandeau d'argent sur la tête avec un petit voile couvrant sa nuque.

Elle ressemble à un ange.

Lara afficha un sourire radieux tout en marchant dans sa direction, son regard rivé au sien.

Elle est à moi.

Lorsqu'elle arriva devant lui accompagnée de Travis, Tate lui prit vivement la main de manière possessive et glissa ses doigts entre les siens.

Elle est ici. Elle est à moi.

La cérémonie fut courte, exactement comme ils le voulaient. Tate prononça ses vœux avec révérence et sincérité. Lara répéta ces vœux sans jamais le quitter des yeux.

Tate laissa même échapper un soupir de soulagement lorsqu'ils furent déclarés mari et femme. Il ne se fit pas prier pour embrasser la mariée, puis tous les quatre quittèrent la petite chapelle pour monter à bord d'une limousine qui les attendait.

— C'était merveilleux, dit Ally avec enthousiasme, assise à côté de Travis.

Lara rayonnait.

— Oui. C'était exactement ce que Tate et moi voulions. Je suis si heureuse que vous ayez pu assister à la cérémonie.

Travis fit sauter le bouchon d'une bouteille de champagne, puis il remplit quatre verres qu'il fit passer.

Tate regarda son épouse et se considéra comme l'homme le plus chanceux du monde. Lara était arrivée dans sa vie lorsqu'il s'y attendait le moins. Avant de la rencontrer, il ne se rendait pas compte à quel point il était seul.

Il se pencha vers elle et déposa un baiser délicat sur sa tempe.

— Tu es incroyablement belle et je t'aime tellement que ça pourrait me tuer.

— Je vais donc devoir te réanimer ?

— Oh que non, je suis bien vivant. Chaque partie de mon anatomie est bien éveillée, lui dit-il malicieusement. Mais si tu veux, je serais ravi de feindre l'évanouissement.

— Tu me rends si heureuse que ça me fait presque peur, répondit-elle en riant comme une adolescente.

Tate savait précisément ce qu'elle ressentait. Mais il n'y avait rien à craindre. Il ne faudrait pas longtemps pour que leur bonheur devienne un état d'esprit constant pour tous les deux.

— Un toast, annonça Travis. Je lève mon verre au mariage, à l'amour et à nos bien aimées.

Le tintement des verres retentit dans l'habitacle de la limousine lorsqu'ils trinquèrent tous de bon cœur avant de prendre une gorgée du noble breuvage.

— Nous remettrons ça d'ici peu pour le mariage de Chloé, remarqua Ally.

— Est-ce que vous y serez ? demanda Lara avec excitation.

— Oui, répondit Ally avec un hochement de tête. Chloé aime beaucoup Travis.

— Je suis contente de savoir que nous nous reverrons donc bientôt, dit Lara.

L'esprit de Tate s'égara un instant en pensant à Chloé. Cette dernière semblait très malheureuse ces derniers temps. Il avait besoin d'en savoir davantage sur sa situation avec James. Tate était inquiet à propos de leur relation. Et après ce que Lara lui avait raconté au sujet de James, il n'était pas vraiment rassuré à l'idée que Chloé épouse un homme qui ne la traitait pas avec respect. Maintenant qu'il connaissait le véritable bonheur, il ne voulait rien de moins pour ses frères et sœurs.

— Regarde, Ally. C'est le buffet à volonté dont je t'ai parlé, hurla Lara.

— Arrêtons-nous, répondit Ally avec impatience. J'adorerais l'essayer.

Travis regarda Tate avec effroi. De toute évidence, il aimait tout autant ce genre d'endroit que Tate. Et malheureusement, Ally semblait tout aussi excitée que Lara à l'idée d'y manger.

— Je suis milliardaire. Nous pouvons manger dans n'importe quel restaurant de la ville. Ai-je vraiment besoin de m'infliger un buffet à volonté de piètre qualité ? intervint Travis.

— Oui.

— Oui.

Ally et Lara répondirent simultanément à sa question.

— C'est la journée de Lara, Travis, dit Ally à son mari avec fermeté.

— Nous pouvons nous permettre de manger dans un restaurant normal, Lara, insista Tate.

— Mais j'aimerais m'arrêter ici, répondit-elle en lui lançant un regard plein d'envie.

— Tu veux vraiment d'un buffet à volonté pour ton dîner de mariage? demanda-t-il.

— C'est l'heure du déjeuner. Ally et moi vous laisserons choisir où nous irons dîner.

Ally acquiesça d'un hochement de tête avec un sourire impatient.

Tate regarda Travis, et Travis haussa simplement les épaules. Il se tourna à nouveau vers sa femme et céda instantanément.

— Allons-y, dit Tate.

Il ne pourrait probablement jamais rien refuser à sa femme sachant qu'elle ne demandait rien de plus que son amour.

Tate fouilla la poche intérieure de sa veste de smoking pour en sortir une boîte d'antiacide. Il plaça un comprimé dans sa bouche et tendit la boîte à son ami.

Travis en prit trois avant de les rendre à Tate.

— Qu'est-ce qu'on ne ferait pas pour nos épouses, grommela Travis dans la bonne humeur.

Les deux femmes se contentèrent de les ignorer.

— Oui, mais elles en valent la peine, répondit Tate avec le sourire.

La limousine s'arrêta devant le restaurant choisi par ces dames.

Travis aida sa femme à descendre du véhicule, puis ils s'approchèrent de l'entrée. À son tour, Tate aida prudemment sa femme à sortir de la limousine.

— Je sais que tu détestes ce genre d'endroit, mais je me ferai pardonner plus tard, murmura Lara d'une voix sensuelle près de son oreille. Ally m'a emmenée dans une boutique de lingerie. Ce qui se trouve sous cette robe devrait encore plus te plaire que la robe elle-même, ajouta-t-elle avec un clin d'œil espiègle.

Tate sentit venir une érection rien qu'en imaginant ce que Lara portait sous sa robe.

Je me ferai pardonner plus tard.

Bon Dieu, voilà une chose qui pourrait bien le réconcilier avec les buffets à volonté de Las Vegas.

Ainsi, il offrit son bras à son épouse qu'elle accepta avec un sourire malicieux.

En fin de compte, Tate fut entièrement satisfait de leur petit arrangement et ne se plaignit plus jamais à propos d'un quelconque restaurant proposant un buffet à volonté. Manger ce genre de nourriture valait la peine compte tenu de ce qu'il avait eu en échange.

Quant à Travis, il ne se plaignait pas non plus de son sort compte tenu qu'Ally avait fait ses emplettes dans la même boutique de lingerie que Lara.

Le lendemain, ils retournèrent à un autre buffet à volonté, les deux hommes armés d'antiacides et le sourire aux lèvres.

Tate avait appris très tôt dans son mariage que, parfois, un compromis ne pouvait pas faire de mal, bien au contraire. Sa nuit de noces fut spectaculaire, mais sa plus grande récompense était simple : voir sa femme sourire.

~Fin~

À propos de l'auteur

J.S «Jan» Scott est une écrivaine à succès de romans torrides dans le domaine de la littérature sentimentale. Aux États-Unis, elle figure sur les listes des auteurs à bestsellers établies par le New York Times, le Wall Street Journal et USA Today. Elle est elle-même une grande lectrice de tous types d'ouvrages et de littérature variée. J.S écrit dans le genre de la romance contemporaine ainsi que de la romance paranormale. Ses histoires se caractérisent par la présence quasi systématique d'un mâle dominant et par une fin toujours heureuse, parce qu'elle refuse d'écrire ses livres autrement ! Elle vit dans la magnifique région des montagnes Rocheuses américaines aux côtés de son mari et de deux bergers allemands un peu trop gâtés.

Retrouvez-moi sur http://www.authorjsscott.com ou
http://www.facebook.com/authorjsscott
Vous pouvez également m'écrire à l'adresse suivante
jsscott_author@hotmail.com

Ou bien sur mon Tweeter @AuthorJSScott

L'obsession du milliardaire :

L'obsession du milliardaire ~ Simon: (L'obsession du milliardaire, tome 1)
Le cœur du milliardaire ~ Sam: (L'obsession du milliardaire, tome 2)
Le salut du milliardaire ~ Max: (L'obsession du milliardaire, tome 3)
Le jeu du milliardaire ~ Kade (L'obsession du milliardaire, tome 4)
L'éveil du milliardaire ~ Travis (L'obsession du milliardaire, tome 5)
Le milliardaire démasqué ~ Jason (L'obsession du milliardaire, Tome 6)

Les Sinclair :

Un milliardaire pas comme les autres (Les Sinclair t. 1)
Le milliardaire défendu (Les Sinclair t. 2)
La Caresse du milliardaire (Les Sinclair t. 3)
L'Appel du milliardaire (Les Sinclair t. 4)